Alle BDSM

Agter Ingang

Erika Sanders

Alle BDSM
Agter Ingang
Erika Sanders
Reeks
Alle BDSM

Opsomming

Dit bestaan uit die volgende romans:
    Agter Ingang
    Smal Boudgat
    Ontdek die Agteringang
    Riskante Omgekeerde Weddenskap

Alle BDSM is 'n verhaal met sterk erotiese BDSM-inhoud en behoort op sy beurt ook tot die **Oorheersing en Erotiese Onderwerping**, 'n reeks romans met hoë romantiese en erotiese BDSM-inhoud.

(Alle karakters is 18 jaar of ouer)

Nota oor die skrywer:

Erika Sanders is 'n internasionaal bekende skrywer, vertaal in meer as twintig tale, wat haar mees erotiese geskrifte, weg van haar gewone prosa, met haar nooiensvan onderteken.

Indeks:

ALLE BDSM AGTER INGANG
ERIKA SANDERS

AGTER INGANG

13

EERSTE DEEL
HERDENKING VERRASSING

HOOFSTUK I

Hulle was beste vriende op hoërskool. En hulle het sedertdien beste vriende gebly.

Selfs as volwassenes wat in die groot stad woon, met hul eie loopbane en hul eie besige lewens, het hulle steeds tyd gemaak om ten minste een keer per week by 'n kafee in die middestad te ontmoet en opdaterings oor hul lewens te deel.

Hulle was steeds geklee in hul kantoorklere terwyl hulle oor koffie gesels het.

"So, my 5de herdenking kom voor," het Lesley gesê, met verwysing na haar huwelik met Rob.

Marlene vernou haar blik. "Jy weet, 5 jaar is 'n groot ding, veral deesdae. Jy weet wat dit beteken, nie waar nie?"

"Wat?"

"Dit beteken jy moet hierdie keer vir hom iets ekstra spesiaal kry, en andersom."

Natuurlik Marlene was die gesag oor hierdie onderwerp . Sy het gewerk vir An dating webwerf en was een professionele pasmaat. Sy was ook verhoudingsterapeut en huweliksberader .

So twyfelagtig soos wat Marlene se loopbaan vir Lesley gelyk het , was daar niemand nie twyfel moontlik _ dat dit effektief was . Marlene het 'n goeie reputasie gehad om mense bymekaar te bring en moeilike verhoudings te laat werk. In die groot stad waar hulle gewoon het, was mense maar te gewillig om vir Marlene baie geld te betaal vir haar leiding.

"Op die oomblik is dit moeilik om iets lekker vir Rob te kry," het Lesley gekla. " Hy is een stil persoon en hy het reeds alles wat hy het wil hê ."

'Doen dan iets spesiaal . Maak vir hom 'n heerlike ete. Gooi vir hom 'n verrassingspartytjie. Alles.'

'Ongelukkig is Rob 'n baie beter kok as ek. En hy haat verrassingspartytjies. Hy dink hulle is kinderagtig.'

"Goeie seks werk altyd," sê Marlene skertsend en vat 'n sluk van haar koffie. "Mans waardeer altyd 'n goeie blowjob waar moontlik."

Lesley bloos, "Gosh, hou dit laag, sal jy?"

" Kyk , al wat ek _ sê dit is 5 jaar An puik verdomde ooreenkoms is dit. Hoofsaaklik hierdie dae . Kan wees wil jy iets hê spesiaal dink ."

"Jy het reg ."

' Ek het altyd reg ," knipoog Marlene .

HOOFSTUK II

Die raad op sigself was nie sleg . het Lesley gedink daaroor na op pad tuiste . Toe sy in haar gevestig is slaapkamer uitgeklee het sy besef wat ' n _ gelukkige vrou wat sy was.

Sy was met een getroud wonderlike ou, sy het een gehad puik spoor en sy het een gehad puik groep vriende om mee te kuier vertrou . Op die ouderdom van 33 sy was goed . _ _

Maar wat sou sy vir Rob gee vir hul 5de verjaarsdag ? Hy het reeds alles gehad wat hy gehad het wild . Hy was niemand nie kieskeurige man. Dit was eenvoudig in smaak . Hy gewerk het as versekeringsagent en in syne vry tyd liefgehad hy hou van sport en uitgaan met syne vriende . Dit was dit.

Normaal Lesley was mal daaroor daardie hy so min onderhoud nodig omdat dit hom meer gegee het tyd het vir haar omgegee _ _ behoeftes by konsentreer .

Nou, meer as ooit, wou sy dinge oor hom maak. Sy wou hom behaag. En sy was vasbeslote om hul huwelik te laat hou.

Sy kyk in die slaapkamer spieël . Sy het liefgehad haarself nog goed _ vorm . Sy was een hoërskool atleet en _ _ universiteit , maar sedert sy 'n kantoormeisie , dit was moeiliker om dieselfde een te kry vorm by hou . Sy het 'n paar pond om haar heupe en dye aangesit. Die meeste mense sou dit nie opgemerk het nie, maar sy was altyd selfbewus oor haar voorkoms en het tred gehou met elke verandering in haar liggaam.

Tyd om koolhidrate uit te sny, dink sy.

Andersins het sy puik gelyk.

Sy het haar gemaklike en gemaklike huisklere aangetrek: sweetpakbroek en 'n groot t-hemp. Met die groot herdenking wat voorlê, was dit tyd om 'n goeie huisvrou te wees en aandete voor te berei.

HOOFSTUK III

Werk was interessant die volgende dag. Lesley het vir 'n mediumgrootte advertensie-agentskap gewerk, waar sy 'n werk gekry het wat sy liefgehad het. Sy was mal daaroor om met haar kollegas saam te werk en kreatief te wees.

Maar in haar agterkop was al waaraan sy kon dink haar komende verjaardag en die gesprek wat sy met Marlene gehad het.

Met alles in die kantoor wat voor skedule was, het Lesley haar pouse gebruik om na die privaat badkamer te gaan om haar beste vriendin te bel. Die gratis verhoudingsadvies was altyd welkom .

As Lesley reg was , het sy dit immers geweet Roof in is een iets spesiaal beplan . _ Dit was maklik om enigiets te doen spesiaal vir Lesley ook doen . Sy het genoeg gehad goed wat sy geniet het , insluitend verrassingspartytjies , luukse aandetes en natuurlik duur juweliersware .

Verjaarsdaggeskenke was iets wat Rob nooit vergeet het nie. Elke jaar het hy gesorg dat sy iets baie moois vir haar kry. Elke jaar het hy altyd daarin geslaag om die vorige jaar se geskenk te oortref, so Lesley moes met iets ekstra spesiaal vorendag kom.

Sy het na die badkamer gegaan en haar snelkiesnommer geskakel. Gelukkig het Marlene ook vrye tyd gehad en hulle het kort gesels voordat hulle aan die gang is.

“Ek dink jy is reg,” sê Lesley terwyl hy in die badkamer sit, telefoon in die hand. "Iets romanties is seker die beste idee."

'Nou kry jy dit. Goed vir jou.'

"Die probleem is dat ek geen idees het nie."

"Wat van sexy uitrustings ? Jy weet, onderklere, deurskynende bra's en broekies, daardie soort ding."

“Rob sal nie daarvan hou nie,” het Lesley geantwoord. "Elke keer as ek iets sexy koop, wil hy hê ek moet dit so gou moontlik verwyder. Hy hou net van naaktheid."

"Wat van 'n rolspeletjie? Daar is baie warm scenario's."

"Te taai."

"Orale seks?" vra Marlene. "Waar is jy daarmee?"

"Geen probleme daar nie."

"Sluk jy?"

"Dis amper 'n gewoonte," antwoord Lesley met 'n sweempie verleentheid. "Daar is die probleem, dit lyk of ons al die basisse gedek het."

"Wat van anale seks?"

Die vraag het Lesley koud gelaat. Sy was vir 'n oomblik stomgeslaan en in 'n toestand van ligte ongeloof. anale seks? Was dit regtig die antwoord? Marlene was die kenner en sy het dit vir 'n rede genoem.

"Ons het dit nog nooit gedoen nie," het Lesley geantwoord.

Daar moes iets aan Lesley se reaksie gewees het, want die toon van haar stem het Marlene se aandag getrek.

Marlene was immers 'n vrou wat gespesialiseer het in afsprake , verhoudings en seks . Sy het 'n suksesvolle loopbaan daaruit gemaak, wat nie baie mense kan doen nie.

"Het jy al ooit voorheen met anaal geëksperimenteer?" vra Marlene suggestief. 'Ek bedoel, sonder Rob. Het jy dit al saam met voormalige vennote gedoen?'

As beste vriende het Lesley & Marlene natuurlik al voorheen oor hul sekslewe gepraat, maar nog nooit so in detail nie. Lesley het begin ongemaklik voel met die hoeveelheid detail, maar sy kon nie kla nie. Sy was immers die een wat die gratis raad gevra het.

"Ek het nog nooit anale seks gehad nie."

"Nie eers 'n vinger nie?"

"Ek het 'n vinger gehad," het Lesley erken. "Niks meer nie."

"Wanneer regtig?"

"'n Ou met wie ek kort op universiteit uitgegaan het?"

Marlene het geïntrigeerd geraak. 'Regtig, universiteit? Wie was dit? Mark? Dave?'

"Dis nie nou belangrik nie," antwoord Lesley en skud sy kop. "Die belangrikste ding is ek en Rob."

"Ek dink ons het jou antwoord gevind."

"Anale seks?"

"Ja."

"Seks in my gat?" Lesley het weer vir bevestiging gevra.

"Dit is omtrent dieselfde."

"En hoe is dit veronderstel om te werk vir ons herdenking? Moet ek net my gat oopsprei en vir hom sê dis tyd om te fok?"

Dit is een _ goeie begin."

" Ek was sarkasties ," het Lesley gesug .

" Wel , dit was in elk geval An goeie idee."

"Ek bedoel dit, Marlene."

"Ek ook. Hierdie behoefte geen vuurpylwetenskap ook nie is . Mans hou van seks . _ Soms is dit so eenvoudig . Dra sexy onderklere, gee hom 'n warm blowjob en bied jou anale maagdelikheid. Ek waarborg dat Rob weer van voor af op jou verlief sal raak. Hel, hy kan selfs weer met jou trou.'

Lesley was vir 'n oomblik stil. Haar beste vriendin het 'n punt gehad, so skande soos dit gelyk het.

"Ek sal daaroor dink," het Lesley gesê.

"Daar is iets wat jy my nog nie vertel het nie."

"Wat is dit?"

"Het Rob al ooit vir anale seks gevra?"

"Nooit nie," het Lesley geantwoord.

"Dink jy hy wil dit hê? Ek bedoel, het hy al ooit jou boude gemasseer? Komplimenteer hy jou boude? Kyk hy enigsins na jou boude?"

"Ja, op al die bogenoemde. Dink jy dit is 'n teken dat hy in die geheim met my boudseks wil hê?"

"Dit kan wees," het Marlene gesê. "Miskien wil hy, maar hy is te skaam om te vra."

"Ek weet nie. As Rob anaal wou hê, sou hy gevra het."

"Miskien wil hy jou nie bang maak nie. Of hy is bang jy dink hy is een of ander pervert.'

Lesley knik. "Mag wees."

"En nou die laaste vraag, wat jy ook nie genoem het nie."

"Wat is dit?"

"Het jy al ooit vantevore oor anale seks gefantaseer?"

God, dit was 'n goeie vraag. Een waarop Lesley dadelik die antwoord geweet het, al was sy 'n bietjie skaam om daaroor te praat, selfs met haar beste vriendin.

"Natuurlik het ek," het Lesley erken. Nie _ onlangs . Maar dit het by my opgekom . Ek dink dit kom een of ander tyd by elke meisie op.'

"Wat het jou dan al die jare teruggehou?"

"Wat dink jy?"

"Sê."

"Dis nie ingewikkeld nie," het Lesley geantwoord. "Om dit reguit te stel, pieltjies is groot, gatgatte is klein. Klein in my geval. Dit is so eenvoudig. Dis hoekom ek die duik geneem het. Ek is nie rubber nie. Ek is 'n mens."

"Liefie, baie vroue het deesdae boudseks. En baie vroue geniet daarvan , geheel baie .'

Insluitend _ jy ?"

" Sekerlik ek."

Lesley het geglimlag , " Nommers ."

"Hoekom?"

"Jy lyk soos die tipe anale seks. Geen aanstoot nie."

Niks _ geneem ," antwoord Marlene . "Die pyn is die orgasme werd."

"Voel dit regtig so goed?"

'Ek kon jou vertel. Of jy kan dit self ervaar, op jou herdenking saam met Rob.'

Lesley het stilgebly. "Hoe weet ek of dit vir my is?"

"Daar is net een manier om uit te vind: vra hom."

HOOFSTUK IV

Daardie nag. Met hul huweliksherdenking 'n paar dae weg, het Lesley haar bes gedoen om die perfekte vrou te wees.

Sy het 'n pragtige rok gedra en gekook volgens 'n resep wat sy aanlyn geleer het. Natuurlik was die kos nie baie goed nie, maar sy het darem probeer.

Nadat ons op die rusbank voor die TV ontspan het, was dit uiteindelik tyd om te gaan slaap.

Hulle het passievol gesoen en Lesley het die agterkant van haar rok losgemaak. Terwyl hulle voorberei het om liefde te maak, was die onderwerp van anale seks voortdurend in haar gedagtes. Dit was al waaraan sy kon dink terwyl hulle gesoen het.

Sy wou nie die verrassing bederf nie, maar sy kon ook nie anders nie. Sy moes Gewone weet of Rob die een is goeie idee sou vind of nie . Die ergste scenario sou wees om anale seks op hul herdenkingsaand aan te bied, net vir hom om gewalg te word. Dan sou dit is te laat is . Die nag sou verwoes is .

So sy moes nou vra. Sy het die soen beëindig en haar man reguit in die oë gekyk.

' Ek het gedink ," het sy gesê . Ons 5 jarige _ herdenking kom daaraan , soos jy het seker al geweet ."

"Hoe kon ek vergeet?"

"Hoekom dan nie iets spesiaals doen nie?"

Rob het geglimlag , "Is daar iets in gedagte ?"

Dit was die oomblik van waarheid en sy het so selfversekerd probeer moontlik by lyke toe sy die voorstel gemaak het .

"Wil jy anale seks op ons herdenkingsaand probeer?"

Haar oë was gevestig op haar man se gesig en wag vir enige teken van reaksie sodat sy dit kon ontleed. Sy wou alles oor hom en sy openheid vir 'n nuwe seksuele avontuur weet.

Seker genoeg, die subtiele verskuiwings op Rob se gesig het dit laat lyk asof hy in die idee belangstel, en Lesley het 'n vreemde gevoel van verligting gevoel, asof sy die perfekte verjaardaggeskenk gevind het.

"Anaal huh? Dit klink interessant. Het jy dit al voorheen gedoen?"

Sy skud haar kop. "Nee, nooit gedoen nie ."

"Is dit iets wat jy reeds het terwyl gesoek ?"

"Lang storie," het sy geantwoord. "Maar soort van."

Hy Gebly glimlag , " Hoekom wag ? Jy lyk pragtig in daardie rooi rok en ons is albei in die bui. Hoekom doen ons dit nie nou nie ?"

" Utilities ?"

Shit, dink sy .

Sy was nie geestelik of fisies voorberei . Maar wat is die probleem ? Soos Marlene is dit so maklik kon , so sou Lesley kan . Soos Marlene gesê het , doen dit baie van vroue deesdae . _

Dit was tyd om op te staan te hou An wip by is en uiteindelik haar anaal maagdelikheid by verloor .

"Ek sal die Vaseline kry," sê sy met 'n gevoel van uittarting.

'Is jy seker jy wil dit doen? Jy lyk so ... ongemaklik."

'Dit gaan goed. Glo my, dit gaan goed met my.'

Hy haar gevryf _ skouers . " Ek vind , jy weet ja , normaal seks goed. Ons moet hierdie nie by doen as jy jy nie op sy gemak nie voel ."

Lesley stap terug en laat haar rooi rok op die vloer val.

'Ek bedoel dit. Dit gaan goed met my.'

Sy was amper in robotmodus toe sy 'n klein houertjie Vaseline uit die buurt gryp en dit aan haar man gee. Toe trek sy haar broekie af en buk oor die bed.

Die bui het skielik koud en onromanties gevoel, asof sy in 'n dokter se kantoor was vir 'n prostaatondersoek. Terwyl sy gebukkend gewag het, het sy besef dat haar man verstom moes gewees het deur die ongemaklikheid , en dat sy vergeet het om verleidelik te wees oor hul eerste anale avontuur.

Maar dit het nie meer saak gemaak nie. Rob het die lube gehad. En haar kaal gat was na buite, gereed om te gaan.

Die geluid van die vaseline-dop wat oopmaak maak haar meer senuweeagtig as wat sy verwag het. Diep binne voel sy dieselfde senuwees wat sy gevoel het toe sy haar maagdelikheid verloor het. En in baie opsigte was dit dieselfde. Sy het weer haar maagdelikheid verloor, maar hierdie keer was dit die maagdelikheid in haar gat.

'n Stuk gaan deur haar ruggraat toe sy voel hoe Rob se Vaseline-bedekte wysvinger in haar gat druk.

"Juck!" hyg sy.

Rob se vinger trek dadelik van haar gat af.

"Is jy OK?"

"Dit gaan goed met my."

"Wil jy voortgaan?" het hy gevra.

" Natuurlik sal ek."

Rob probeer weer, hierdie keer versigtiger. Hy druk sy wysvinger terug in haar gat, en dit was die mees ongemaklike seksuele sensasie wat Lesley nog ooit gevoel het.

Dit was so onnatuurlik en ongemaklik om 'n gesmeerde vinger in haar gat te hê. Nog erger, dit het net onsexy gevoel.

Toe Rob sy vinger heeltemal indruk, het Lesley se tone op die mat gekrul en haar lyf gespan.

"Haal dit uit," beveel sy.

Rob trek sy vinger weg en gee sy vrou 'n besorgde kyk toe sy opstaan.

Dit was waarskynlik _ An slegte idee," het gesê hy .

'Nee, dit is een goeie idee. Dis net, ek is nie nou voorbereid daarvoor nie. Dit is al . Ons kan dit later weer doen , op ons herdenkingsaand probeer .'

Rob kyk verward . "Wil jy dit weer probeer?"

'Hoekom? Hou jy nie van dit nie?'

'Weet nie. Ons het dit nog nie eers gedoen nie. Maar jy lyk so ongemaklik met my vinger in jou gat."

Om een of ander rede het dit Lesley net meer vasbeslote laat voel om anale seks met haar man te hê. Miskien was dit omdat dit die eerste keer vir hulle albei sou wees . Dit sal wees soos om saam hul maagdelikheid te verloor. Sy piel in haar gat. Wat 'n romanties gedink , op 'n baie vreemde een manier .

"Dan is dit afgehandel ," het sy geglimlag . "Anale seks op ons herdenkingaand."

' Ek Ernstig , Lesly, ons moet hierdie nie by doen .'

"En ek is ook ernstig. Ons doen hierdie . ek het net ' n bietjie meer tyd benodig . Kom ons maak intussen liefde op die regte manier."

Hulle het mekaar vasgehou en gesoen.

Lesley was teleurgesteld in haarself dat sy dit nie kon hanteer nie gaan . Sy het oorweeg haarself as An sterk , beroepsgerigte vrou wat enige struikelblok kan oorkom kon oorkom , maar anaal ? Dit was iets buite haar domein .

besluit sy ook nie tel want dit kon gevaarlik is . Daar was geen praat van haar delikate klein anus sou _ _ toevertrou Aan An onervare man met 'n halfgroot piel . Dit was nie ter sprake . _

Geen. Wat sy nodig gehad het, was 'n kenner. Iemand wat sou weet wat om in een doen krities situasie as hierdie een .

Gelukkig sy het presies geweet wie sy moes bel .

TWEEDE DEEL
HAAR SEXY KENNER BESTE VRIEND

HOOFSTUK V

Volgende _ dag by die kantoor het Lesley se spook geword deur haar verteer seks lewe . Al waaraan sy kon dink, was seks. En as sy regtig kon aanhou om die gat op te tel.

Terwyl sy by haar lessenaar gesit het, het sy vir haar seksueel-kundige beste vriendin 'n SMS gestuur. Toe Marlene vry was om oor die telefoon te gesels, het Lesley vir 'n kort oomblik van privaatheid badkamer toe gegaan.

Nadat hy die oproep gemaak het en op die toiletsitplekoortreksel gesit het, het Lesley al die besonderhede gegee. Sy het vir Marlene vertel van die kort gesprek met Rob, sy gewilligheid en die vinger wat by haar gat opgaan. Sy het vir Marlene vertel van al haar gevoelens rakende die persoonlike saak.

"Ek verstaan nie hoe 'n normale vrou dit kan hanteer nie?" het Lesley gewonder.

"Dit is 2022, skat , daar is baie van vroue betrokke . "

"Ek is seker dit is net om die man tevrede te stel."

" Wag 'n bietjie," het Marlene gesê . 'Kom ek stuur vir jou 'n skakel. Kyk dit en bel my dan terug.'

"Is dit porno?" het Lesley gevra, haar beste vriendin geken.

"Eintlik ja."

"Gaan dit 'n virus in my foon plaas of iets?"

"Twyfelagtig. Ek kyk heeltyd na daardie porno-werf op my foon, wanneer ek veronderstel is om by die werk te wees, en my foon werk goed."

Lesley het gesug, "Stuur dit aan."

"Bel my terug as jy klaar gekyk het."

Lesley het vir die skakel gewag. Dit was vervelig en eensaam om in die badkamer te sit en wag vir 'n pornografiese skakel. Dit was 'n hartseer refleksie oor die toestand van haar persoonlike lewe.

Uiteindelik het drie skakels ingekom.

Lesley het die eerste oopgemaak, 'n skakel na 'n porno-werf. Die video was 'n kort, professioneel geskiet snit wat gewys het hoe 'n vrou deur 'n groot haan in die anus genaai word. Sy blaai vinnig daardeur en kyk net na die belangrikste dele.

Die tweede video het dieselfde inhoud gehad.

Die derde video was omtrent dieselfde.

Sy het 'n bietjie verleë gevoel om in die toilethokkie, in haar kantoorklere, pornografie op haar foon te kyk, wanneer sy veronderstel was om by die werk te wees. Sy het vroeër gekla toe mans dit gedoen het, nou het sy dieselfde gedoen. Sy het darem 'n wettige rede daarvoor gehad, het sy gedink.

Nadat sy deur daardie porno-snitte geblaai het, het sy vir Marlene teruggeroep.

"Wat dink jy?" Marlene het gevra toe sy die oproep beantwoord het.

"Ek het normale vroue bedoel. Dit is pornosterre."

"Wat is die verskil?"

"Pornosterre is kunstenaars," verduidelik Lesley. "Hulle is gemaak vir seks. Dit is al wat hulle doen. En hulle kan die hele dag spandeer om in vorm te kom en gereed te maak vir seks. Ek is 'n kantoorwerker. Dit is anders."

'Goed. Wag 'n Bietjie. Bel my terug oor 'n paar minute. Ek sal jou eers iets anders wys.'

"Wag ... wag 'n bietjie ..."

Die gesprek het geëindig en Lesley sug. Sy wag geduldig, uiteindelik het twee skakels van Marlene gekom.

Lesley het die eerste geklik. Dit was van dieselfde porno-werf, maar hierdie keer het dit 'n normale paartjie in plaas van pornosterre gehad. Lesley het gekyk hoe 'n gewone huisvrou anale seks in haar slaapkamer gegee is deur 'n man, vermoedelik haar man.

Die volgende video was soortgelyk. Dit bevat 'n gewone (effens nerdy) student wat 'n anale orgasme gehad het, met vergunning van 'n man op die kollege sokkerspan.

Lesley was niemand nie onbekend in pornografie. Sy het al saam met haar man sagtegoed op die kabel gekyk. Soms het hulle hardcore pornografie gekyk deur dit op aanvraag te bestel om hul sekslewe op te kikker.

Maar sy moes nooit amateur pornografie gekyk . Dit was vreemd om "normale" mense te sien naai. Dit was soos ek 'n voyeur was in hulle seks lewe . Dit was selfs meer surrealisties om die video's te kyk van daardie "normale" vroue wat anale seks het, en absoluut mal daaroor.

Lesley het die doel van die video's verstaan en haar kêrel teruggeroep.

"Goed, ek verstaan dit," het Lesley gesê. "Gewone vroue kan dit ook doen."

"En jy is 'n normale vrou, is jy nie?"

"Laas keer dat ek nagegaan het."

"Hoekom kan jy dit dan nie doen nie?"

Lesley het gesug, "Ek het geen idee nie."

"Jammer om soos 'n neerbuigende teef te klink. Eerlikwaar, Rob is seker reg op hierdie stadium. Probeer dalk iets anders? Vra hom of hy enige ander fetisje het. Daar moet iets wees."

"Ek hou eerder by die hele anale ding."

Marlene se gevoel vir verhoudings begin het . 'Regtig en waarlik. Hoe het dit gebeur? Nou begin ek dink dat 'n deel van jou regtig uitsien hierna, maak nie saak hoe hard jy probeer om dit te beveg nie."

"Ek dink dit is warm. Ek dink Rob dink dit is ook warm. En eerlikwaar, ek is 'n bietjie nuuskierig. Ek was nog altyd 'n bietjie nuuskierig. Dit is die enigste deel van my liggaam wat ek nog nie seksueel verken het nie. So dit sou wees lekker om te sien waaroor die bohaai gaan."

"Dit klink of ons 'n belangrike missie voor ons het."

"So jy is bereid om te help?"

"Natuurlik is ek," antwoord Marlene. "Daar is geen manier dat ek dit ooit gaan mis nie."

"Enige idee wat om te doen?"

"Eintlik het ek baie idees. Ek het dit nog nooit vir jou gesê nie, maar ek is ook ' n seksuoloog, benewens die verhoudingsadvies wat ek gee."

"Dit is nie die tyd vir grappies nie."

"Ek is doodernstig," het Marlene met onmiskenbare vasberadenheid gesê.

om Lesley te oortuig. "Goed dan, hoe begin ons, as ek aanvaar dat ek jou seksadvies gratis kan gebruik."

"My betaling is om te kyk hoe jy 'n kragtige anale orgasme kry. Met ander woorde, ek moet daar wees en deelneem, oukei?"

"Wil jy met my piel speel?" vra Lesley ongelowig.

"Uh huh."

"Is dit die een of die ander lesbiese ding? Of is dit suiwer gebaseer op ons jare vriendskap ?"

" Albei ."

Lesleys wenkbroue het altyd gegaan op . "Goed, dit is glad nie vreemd nie."

"Dit gaan oor jou, okay? Wil jy my help of nie ?'

Lesley haal diep asem. "Ek doen."

"Kom ons kom dan reguit tot die punt, oukei?"

'Goed. Hoe sal jy dit gewoonlik hanteer? Ek bedoel, as ek 'n klant was, 'n volkome vreemdeling, wat sou jy aan my doen?'

"Dit hang af van wat jy sal toelaat," het Marlene geantwoord. "Miskien sal ek jou een-tot-een ontmoet vir 'n vinnige kursus in anaal. Of dalk sal ek 'n paartjiesessie doen waar ek jou man sal help om jou gat te eis."

"Jy, ek en Rob op dieselfde tyd? 'n Drietal?"

"Dit is 'n lewensvatbare opsie."

"Werk dit normaal?" het Lesley gevra.

Maar ek skerm _ versigtig . Dit moet die regte paar wees. Slegs mense wat seksueel seker is van hulself en hul verhouding. As seksuoloog en terapeut wil ek immers nie 'n wig tussen die paartjie indryf nie. Jaloesie is 'n baie gevaarlike ding.'

"Interessant."

"Enige gedagtes tot dusver?"

"Rob het nog altyd geskerts oor 'n drietal. Buitendien, ek weet hy dink jy is regtig mooi."

"Leun na die drietal wat ek sien," sê Marlene speels.

"Soort van."

"As dit jou beter laat voel, is dit nie tegnies 'n drietal nie. Onthou, ek sal 'n assisterende rol speel. Dit beteken ek sal jou anus voorberei vir penetrasie, en Rob sal die res doen."

"Dit klink eintlik baie warm."

"O, dis dit," antwoord Marlene.

"Sal jy eintlik enigiets met Rob doen?"

"Ek gaan hom nie naai nie, as dit is waarvoor jy bang is."

"As wat?" het Lesley gevra.

"Soos ek gesê het, ek sal jou anus voorberei. Ek sal jou smeer en begin met 'n bietjie strek. Dan, om dit reguit te stel, sal Rob jou dadelik naai."

"Klink ... wel ... avontuurlustig."

"Ja," erken Marlene. "Maar ek moet dalk 'n bietjie aan Rob raak, indien nodig. Ek sal sy penis in jou anus lei om seker te maak dit is nie te pynlik nie. Anale penetrasie vereis 'n ten volle regop penis, so as hy nie hard genoeg is nie, kan ek nodig hê om stimuleer hom op een of ander manier. Heel waarskynlik met my mond."

"So jy gaan my man blaas?"

" Alleen indien nodig . "

" Dit is gerusstellend ."

"Haai, jy het my geroep . Moenie dit vergeet nie. Ek sal jou help op die enigste manier wat ek weet hoe. Volgens my prestasierekord is ek goed hiermee.'

Lesley het gesug, "Dankie, ernstig. Ek bedoel dit, jy is die beste."

"Moenie my nog bedank nie. Jy kan my bedank ná jou eerste anale orgasme."

"Dit klink alles na die perfekte seksuele ervaring vir 'n herdenking. Maar ek erken, dit is baie ontmoedigend."

"Dit is altyd. En dit is nie vir almal nie."

"Ek wil dit graag probeer," het Lesley gesê. 'Ek stel belang. Werklik en waarlik.'

"Jy moet absoluut positief wees anders kan ons nie daarmee deurgaan nie. Ons vriendskap is te belangrik. Ek sal nooit jou huwelik wil verwoes nie."

"Dan sal ek vir Rob moet vra en kyk wat hy dink."

Marlene het gelag , "Wat gaan Rob sê ? Nee? Natuurlik gaan dit goed met hom. Hy sal my nie naai nie. Hy sal jou naai."

"Dit is waar, maar tog moet ek hom beter bel en kyk wat hy dink."

"Ek het 'n beter idee."

"Wat is?"

' Ek sal Rob bel ,' het Marlene gesê . "Ek sal dit met hom reël, dan sal dit 'n soort verrassing vir jou wees. Ek wil nie hê jy moet aanhou bekommer hieroor nie. Die eerste reël van anale seks is om te ontspan. En dit sluit geestelike ontspanning in. "

'Dit maak sin. So gaan jy hom nou bel?'

"Ja, en ek het nog een ding van jou nodig."

"Wat is dit?"

"Ek het 'n foto nodig van waarmee ek werk," het Marlene gesê. "Stuur vir my 'n foto van jou naakte gat en 'n duidelike foto van jou anus. Netnou."

"Wil jy hê ek moet begin sexting by die werk?"

"Dis nie sexting nie," het Marlene volgehou. "Dit is voorbereiding vir 'n belangrike en delikate mediese prosedure wat jou huweliksgesondheid en seksuele welstand behels."

"Marlene, dis sexting."

"Noem dit wat jy wil. Ek het daardie foto's nodig om te bepaal hoe om voort te gaan met die anale proses."

"Met ander woorde , jy wil weet hoe klein my anus is," het Lesley grappenderwys verduidelik .

" Presies ."

"Goed," sug Lesley . ' Ek stuur dit dadelik . '

"Perfek. Ek sal intussen vir Rob bel om die besonderhede uit te werk. Ek het 'n goeie gevoel daaroor."

"Ek ook. Dit is verreweg die kinkieste en gekste ding wat ek nog gedoen het, maar om een of ander rede dink ek dit gaan werk."

"Dis omdat ek 'n kenner hiervan is," het Marlene gerusgestel.

Die twee vriende het hul afskeidswoorde gesê en die gesprek het geëindig.

Lesley stap van die toiletsitplek af en kyk mooi na haarself in die spieël. Sy het nog nooit voorheen naakfoto's van haarself geneem nie, maar as daar ooit 'n goeie rede was om dit te doen, was dit dit.

Sy het haar kantoorromp en -broekie uitgetrek en dit op 'n toonbank neergesit. Sy het alleen in haar toeknooptop en skoene gestaan. Sy was kaal van die middel af af. Modieus gesproke was dit 'n baie vreemde kombinasie om hulself so te sien, veral in die kantoorbadkamer van alle plekke.

Nadat sy omgedraai het, het sy met haar boude na die spieël gekyk en haar foonkamera ook na die spieël gerig. Sy het 'n kiekie van haar agterste weerkaatsing geneem en dit was amptelik die eerste naakfoto wat sy ooit geneem het.

Volgende het die meer ongemaklike beeld gekom. Sy het gedink hoe sy 'n foto van haar anus gaan neem en toe met die oplossing vorendag gekom. Sy hurk en steek die foon tussen haar bene, onder haar lyf in. Toe sy in die regte posisie was, het sy die skoot geneem.

Sy staan op en kyk na die prentjie van haar anus. Dit was die eerste keer dat ek dit so duidelik gesien het. Sy het die ligbruin kleur, vorm en lyne van haar anus opgemerk. Dit het beslis klein gelyk en dit sal 'n uitdaging wees om Rob se haan daar in te kry. Gelukkig het Marlene geweet wat om te doen.

Lesley het die eksplisiete foto's aan Marlene gestuur en skielik is die situasie na 'n heel nuwe vlak geneem.

HOOFSTUK VI

Daardie aand, terwyl Lesley en haar man knus voor die TV gesit het, kon sy net aan die anale naai dink wat sy gaan hê en hoe Rob daaroor voel.

Selfs met al die aksie op Game of Thrones , Rob se gunsteling TV-program , het Lesley bly sit dieselfde goed wonder . Hoofsaaklik want nie Rob of Marlene niks nie gehad het gesê . het Lesley gevra homself gewonder of Marlene vir Rob gebel het of nie . Daar was net een manier om uit te vind.

"Het Marlene jou vroeër vandag gebel?"

"Ja," sê Rob met 'n buitengewoon gereserveerde stemtoon.

"En?"

"En ek dink jy is in vir 'n spesiale bederf," sê hy met 'n flou glimlag wat hy duidelik probeer bedwing het.

Lesley was half bewus daarvan dat sy in die duister gelaat word oor die uitkoms van haar eie boemelaar. Sy het antwoorde nodig gehad, en dit was duidelik dat nie Rob of Marlene dit sou verskaf nie.

"Kan jy my ten minste 'n proe gee? Wat kan ek verwag?'

"Ek het belowe ek sal nie vertel nie."

"Is jy heeltemal seker?" Lesley in 'n oordrewe verleidelike stem gesê, asof dit sou werk.

" Ek is absoluut positief ."

Lesley gemaak weer 'n sexy stem. ' Asseblief , skat ? Ek doen daardie ding met my tong. Jy moet my net 'n wenk gee.'

"Ek kan wag," glimlag hy. Vertrou my op hierdie een. Marlene het iets spesiaal vir vir ons in die vooruitsig .'

"Dink jy?" Lesley het in haar normale stem geantwoord.

"Dis ek. Sy het vir my verskeie wenke oor die telefoon gegee. En sy het my vertel wat sy met jou besig is om te doen. Ek dink regtig dit gaan iets spesiaals byvoeg tot ons sekslewe. Iets wat ons nog nooit vantevore gesien het nie . om te hê gedoen ."

Dit was klaar sagste gesê intrigerend . Diep binne het 'n bietjie jaloesie toegeslaan.

"Gaan jy haar ook naai?" vra Lesley in 'n sagte vroulike toon.

Hy klop haar bobeen. 'Natuurlik nie. Moenie mal wees nie.'

'Wat is dan die groot ding geheim ?'

"Jy sal gou genoeg uitvind," antwoord hy en wys na die TV. "Jy mis die beste dele."

Daarmee het Rob sy aandag teruggedraai na die TV. Intussen het Lesley haar geestelike fokus op haar binnekort seer boude gehou.

DERDE DEEL
EERSTE KEER

HOOFSTUK VII

Dit was 'n Saterdagoggend, wat beteken het nie een van hulle hoef te gaan werk nie.

Lesley het die instruksies gevolg wat Marlene haar die vorige aand per e-pos gestuur het. Die instruksies was hoofsaaklik oor netheid en skoonheid.

Sy het 'n lekker lang seep stort. Daar was spesiale klem op die skoonmaak van haar anus en rektum. Lesley het die spesiale instruksies in die stort gevolg. Trouens , sy het dit twee keer gedoen om seker te maak by is .

Ná die stort het Lesley voor gesit haar dressoir spieël met 'n Produkreeks skoonheidsprodukte . Sy het tyd vir haarself geneem _ meer aantreklik by te maak as wat sy reeds was. Daar was ewe veel klem op haar hare.

Teen die tyd dat sy klaar was, was die professionele kantoormeisie lankal weg. Dit was die nuwe anaalvriendelike Lesley. En sy het so pragtig gelyk soos altyd.

Sy het haar voorkoms voltooi met bypassende wit bra en broekie, gevolg deur 'n wit negligee.

Alles wat sy gedoen het, was volgens Marlene se raad in die e-pos.

Daarvan gepraat, die deurklokkie lui. 10 uur. Presies betyds.

Lesley en Rob het saam die voordeur gaan oopmaak. Daar was Marlene, die seksueel verligte paartjieterapeut, met 'n pittige kapsel en twee inkopiesakke.

Marlene het die sakke omhoog gehou en geglimlag: "Is ons gereed?"

Skielik verander wat a gewone Saterdagoggend het gelyk soos die begin van iets spesiaal .

HOOFSTUK VIII

Die egpaar het angstig in hul slaapkamer gewag terwyl Marlene in die badkamer gereed gemaak het. Een van die sakke wat Marlene saamgebring het, was vir haar spesiale uitrusting. Sy kon immers nie in die openbaar uitgaan geklee asof sy gereed was vir 'n anale ontmoeting nie.

Maar dit het die vraag laat ontstaan, wat was in die ander sak? Hulle sou gou genoeg uitvind.

Toe die badkamerdeur oopgaan, was beide Lesley en Rob geskok om Marlene se transformasie te sien.

Marlene se gemaklike klere was alles weg. In plaas daarvan was sy kaalvoet in 'n rooi negligee soortgelyk aan die een wat Lesley gedra het. Marlene het ook haar grimering op 'n glansryke manier laat doen en haar hare is ook gestileer.

"Is ons klaar?" vra Marlene terwyl sy 'n speels sexy houding aanneem.

Lesley was 'n bietjie jaloers op haar beste vriendin se skoonheidsgeheime en fiksheidsroetine. Sy het 'n nota gemaak om later vir wenke te vra.

"Gereed soos kan wees," het Lesley gesê.

Rob het ingestem.

"Die eerste stap is om goed te lyk," het Marlene gesê. 'Ons het dit natuurlik reeds gedoen, saam met die nodige skoonmaak. Nou is die volgende stap vir jou om gemaklik te raak, en vir my om jou los te maak."

Lesley voel hoe haar poes vibreer.

"Ek is gereed."

Marlene kyk rond in die slaapkamer. Toe sit sy 'n handdoek op die egpaar se huweliksbed en sprei dit netjies uit.

"Voor jy gaan slaap," het Marlene gesê. "Jy wonder seker wat in die ander sak is."

Lesley knik. "Ek het 'n baie goeie idee."

"Dit is die anale kit wat ons gaan gebruik."

"Klink intimiderend."

Marlene steek sy hand in die sak en hou 'n klein pienk dildo uit. 'Nie regtig nie. Dit is hoofsaaklik 'n paar klein goedjies en baie lube. Genoeg om jou reg te maak vir Rob se penetrasie daarna.'

"Ek begin skoenlappers in my maag voel."

"Dan beter ons begin."

Lesley & Rob het mekaar 'n groot lang drukkie gegee, gevolg deur 'n reeks soene op die lippe. Dit was amper soos om "totsiens" te sê. Maar eintlik was dit die verwelkoming van iets nuuts in hul verhouding.

"Onderbroek af," het Marlene gesê.

Lesley strek haar hand uit, trek haar broekie uit en gooi dit weg. Sy was kaal van die middel af af, met die dun negligee wat haar boude en poes bedek het, maar dit sou nie lank hou nie.

Sy gaan sit op die bed presies soos Marlene opdrag gegee het. Met haar knieë op die handdoek en haar gesig teen die bed gedruk. Haar gat was in die lug, en sy was deeglik bewus daarvan dat haar gat en poes heeltemal blootgestel was aan haar beste vriend en man.

Dit was 'n ongemaklike oomblik. In baie opsigte het dit gevoel soos 'n besoek aan die dokter vir Lesley. Behalwe in plaas van 'n tipiese ginekologiese ondersoek, sou sy binnekort 'n deeglike gatfok kry. Maar eers sou daar die voorspel wees. O God, watter voorspel? dink Lesley.

'n Paar hande vryf Lesley se boude. Nie net hande nie. Sagte vroulike hande. Die soort wat net Marlene besit het.

O God, dit begin.

"Hier kom jou verbasing," het Marlene gesê. "Ek weet jy pla Rob met my planne. Wel, hier is dit. Ek dink 'n goeie wyfie is die beste manier om anale maagde te stimuleer. Ontspan nou."

O God, 'n randwerk. Van Marleen?

Voordat Lesley 'n woord kon sê, voel sy hoe haar boude nog verder deur die sagte hande versprei. Sy het geweet haar gat is wawyd oop vir haar man en Marlene om te sien.

Toe kom die tong. O God, die tong. Haar klein bruin anus is deur haar beste vriendin gelek. Op en af gelek. Geslik van links na regs. Geslik in alle rigtings. Toe kom die soene. Lek dit dan weer. Dan nog 'n paar soene op haar anus.

Om 'n rim job te kry was nooit op Lesley se seksuele bucket list nie, maar sy was so bly om dit te voel. As sy geweet het dit is so goed, sou sy vir Rob al jare gelede op hul huweliksnag gevra het om dit te doen.

Nou, hier was sy, op haar knieë, gesig na onder, besig om haar gat deur haar beste vriend te laat lek. Sy het nog altyd geweet dat Marlene 'n baie seksuele mens was, en 'n kenner van seksuele sake, maar dit? Min het sy geweet dat Marlene 'n kenner was om orale seks op 'n vrou se anus te verrig. Die tegniek wat Marlene gedoen het, was net te goed om waar te wees.

Toe kom die laaste stuk van die randwerk. Marlene se tong het ingegaan. O God, dit het ingegaan. Lesley voel hoe haar anus kwyl, speeksel wat by haar gat afloop tot in die ingang van haar rektum.

Dit het 'n bietjie gekielie, maar meestal het dit sensasioneel gevoel, stimulerende senuwee-eindpunte wat sy nie geweet het bestaan nie.

"Goedheid," kreun Lesley en lê met sy gesig na onder op die bed. "Daardie tong van jou ... my God."

Marlene het stilgebly. "Dis hoekom ek die groot geld kry."

En daarmee het Marlene haar anale lek voortgesit. Haar tong het die ring van die anus afgelek, die ingang na die rektum gevolg en toe gestop.

"Is jy gereed vir die volgende fase van jou lek?" vra Marlene en sprei steeds haar gat.

"Is daar meer?" vra Lesley, steeds gesig na onder.

"Ja. Hier kom dit. Rus nou , skat . "

Marlene het iets vir Rob gesê wat so kort was en Lesley kon dit nie hoor nie. Al wat sy gehoor het, was die geluid van skuifel. Sy kon nie sien nie, want haar gesig was op die bed. Seker, sy kon net omgedraai het om te sien wat hulle doen, maar hoekom pla? Sy was mal oor verrassings, en sy was lus vir 'n spesiale mondelinge verrassing.

Die volgende ding wat Lesley geweet het Rob eet haar poes van onder af. Intussen het Marlene teruggekeer na haar rimming-pligte.

Lesley het 'n volop mondelinge aanranding op beide haar poesie en haar anus ervaar, gelyktydig van die mense vir wie sy die meeste lief was.

Haar oë rek groot en haar lippe krul toe sy 'n kort kreun uitlaat. Dit was dubbel die mondelinge plesier. Rob suig haar poes soos nog nooit tevore nie. Marlene het haar anale lektempo opgetel.

Diep binne, het Lesley haarself gevloek omdat sy dit nooit voorheen gedoen het nie. Ai tog. Sy was 'n jong vrou van 33 jaar oud, daar sou nog genoeg tyd in haar lewe oor wees om voort te gaan om dubbele orale seks te geniet.

Sy het gevoel 'n klimaks nader toe Rob sy tong op haar sit klit gekonsentreer . Dit was net die manier waaraan Lesley haar poes sou graag wou eet . Begin in die middel, dan een orgasme met klitoris stimulasie .

"O god," kreun Lesley, gesig na onder, oë teruggerol. "Ek dink ek kom naby."

Marlene ruk vir 'n oomblik met haar tong. "Meisie, gaan daarvoor."

Daarmee het Rob aangehou om die klit vinniger te lek, en Marlene het 'n orale warrelwind in die maagdelike anus uitgevoer.

Lesley het vir eeue 'n orgasme ontketen.

Sy het uitgeroep en haar liggaam het gespanne. Dankie tog dat hulle onlangs 'n huis gekoop het waar hulle ordentlike privaatheid kon hê. In hul ou woonstel sou 'n gil soos Lesley s'n sekerlik die aandag van die bure getrek het, en dalk die aandag van die polisie.

Nou, in die privaatheid van haar eie huis, kon Lesley dit alles uitkry. Haar poesie en gat het kragtige orale stimulasie ontvang wat 'n nat kragtige orgasme tot gevolg gehad het.

Toe dit klaar is, klim Rob onder die poes uit, en Marlene verwyder haar tong.

Lesley het op die bed inmekaargesak, 'n nat, deurdringende gemors, met 'n post-orgasme-glimlag op haar gesig.

"Rob was reg oor jou," het Marlene gesê terwyl sy haar kaalbodem beste vriendin bewonder. "Jy is nogal 'n moer."

"Ho.. ly... shit..." kreun sy.

"Meisie, nou is ons net halfpad daar. Die sleutel tot goeie anale seks is smering en opwinding. Ek sou sê jy is verby opgewonde. En jy is lekker gesmeer deur my speeksel. Maar ons het nog werk om te doen. "

"Steeds?" slurp sy.

"Ja, nou terug in posisie, jou lui teef."

Marlene het haar beste vriendin 'n kragtige klap op die gat gegee. Dit was genoeg om Lesley weer op haar knieë te kry met haar gat in die lug.

Terwyl haar gedagtes nog wankel van die intense orgasme, is haar gesig teen die laken gedruk en sy voel hoe haar boude weer sprei. Hierdie keer was die hande baie sterker, wat beteken dat Rob die een was wat Lesley se gat wyd oopgehou het.

Wat beteken het dat Marlene albei hande vry gehad het.

Skielik hoor Lesley die bekende geluid van 'n lubebottel wat oopgemaak word.

Toe voel Lesley hoe die klein pienk dildo haar gat opgedruk word. Dit was net 'n paar sentimeter lank, maar dit het groot gevoel in haar klein gat. Die pienk dildo is in en uit gedruk.

Dit is verwyder, wat 'n gapende sensasie in Lesley se gat gelaat het.

Toe word iets groters teen haar gat gedruk. Nog 'n dildo uit Marlene se sak. Dit is harder gedruk en in die maagdelike gat ingegaan.

Soos dit verder gedruk is, het Lesley geweet dat hierdie speelding baie langer (en dikker was), wat haar baie meer uitgerek laat voel het.

Sy voel hoe die ring van haar anus en rektum tot die uiterste gedruk word. Toe is dit daar in plek gehou, wat haar anus tyd gegee het om gewoond te raak daaraan om iets so groot in haar gat te hê.

Toe word die groter dildo weggetrek, wat 'n gapende sensasie in haar delikate gat gelaat het.

Skielik was daar daardie suig/slurp geluide in die agtergrond. Dit het Lesley 'n oomblik geneem om te besef dat Marlene waarskynlik Rob se piel suig, hard en hom smeer voor die anale naai. Daai teef, dink Lesley.

Die suiggeluide het opgehou.

"Geluk met jou verjaarsdag, meisie," terg Marlene.

"Geluk met jou verjaarsdag, skat," het Rob gesê.

Hierdie keer voel Lesley iets anders teen haar gat gedruk. Dit was hard, maar dit het sag gevoel. Daar was geen twyfel daaroor nie. Dit was Rob se haan. Haar man was op die punt om haar in die gat te naai.

Sy druk die laken vas en sit homself skroot vir wat kom gegaan .

Rob het gedruk . Is haan gekom binne . Penetrasie was stadig _ en sag . Dit het gevoel amper as 'n kenner wat deurgedring , hoewel sy het nie sou om te hê gewete , aangesien sy nog nooit in haar was nie gat was befok .

Sy het besef homself wanneer daardie hierdie kom van die wenke wat Marlene vir Rob gegee het . Dis hoekom Rob haar gat so maklik kon naai. En dit was ook te danke aan al die anale stimulasie en orgasme wat Marlene verskaf het.

Alles het tot perfeksie gewerk. Rob se halfgroot piel kon moeiteloos haar rektum binnedring, al voel haar gat baie vol.

Uiteindelik het dit heeltemal ingegaan, en Rob het in sy vrou se klein rektum gerus.

"Dis die meisie dit," sê Marlene en stap vorentoe om Lesley se hare liefdevol te streel. "Die moeilike deel is verby. Dit is al die pad in. Geniet nou jouself en die orgasme wat volg."

Die beste vriende het hande vasgehou en in mekaar se oë gekyk terwyl Rob sy haan stadig terugtrek en dan stoot.

"O..." hyg Lesley. "God..."

'Bedaar, meisie. Jy is reg.'

Die kloppende haan in haar gat herhaal sy beweging. Rob het teruggetrek en nog 'n hou gegooi, hierdie keer 'n bietjie harder, soos Marlene hom vroeër gesê het.

Nog pakslae het gekom. Met elke stoot is Lesley se liggaam dieper in die bed ingedruk. Haar gesig druk harder teen die laken. Die bed wieg. Haar hare swaai heen en weer. Haar klein borste wieg.

Gou het Lesley haarself 'n vol gat gevind. Die bed het geskud en Lesley het begin huil.

"Dis oukei skat," sê Marlene op 'n gerusstellende toon terwyl sy haar trane afvee. "Jy doen so 'n goeie werk. Jou gat is gemaak hiervoor. Jy sal verslaaf wees aan gatfok teen die tyd dat jou man gereed is."

Lesley het gewonder hoe dit waar kan wees soos haar gat al hoe verder geploeg word. Dit was seer, maar dit het ook goed gevoel. Dit was soos die perfekte kontras tussen pyn en plesier. Sy was bo verbeelding uitgerek. Maar haar rektale senuwee-eindpunte is ook gestimuleer op maniere wat sy nooit gedink het moontlik was nie.

"O my god" het Lesley uitgeroep. "My bastard!"

Trane het oor Lesley se gesig gerol terwyl die klap voortduur. Sy kon gevra het dat dit gestaak word. Sy kon gesmeek het om dit te beëindig. Maar sy het nie. Sy het nuwe areas van haar liggaam aangedurf. Sy het nuwe dinge met haar seksualiteit ervaar. En sy het elke sekonde liefgehad.

Dit was steeds soos die hel seer. Maar daar was 'n onmiskenbare bevrediging daaraan. Marlene voel die plesier wat Lesley voel, en gee Rob 'n vinnige kopknik, wat hulle teken was.

Skielik begin Rob op volle spoed naai. Lesley het hardop uitgeroep, trane stroom oor haar gesig, terwyl haar delikate klein gat geploeg is met 'n krag wat sy nie geweet het sy kan hanteer nie.

"O God!!!!" sy het gehuil vir liewe lewe.

Wanneer sy het gekom . Sy het daardie oggend gekom vir die tweede tye . Dit was een ander orgasme as voorheen . Dit was nie vry vloei en genotvol .

Geen. Dit was rou . Suiwer. ongetem. Dit was 'n orgasme gebore uit haar oer wellus. En dit het oral groot gemors gemaak.

Goddank het Marlene daardie handdoek op die bed gesit .

Die orgasme was so intens dat Lesley nie opgemerk het dat Rob reeds in haar rektum geëjakuleer het en haar klein gaatjie oorstroom het nie.

Vir die tweede keer daardie oggend het Lesley met sy gesig na onder gelê, sak op die bed, haar kaal gat ontbloot.

Beide Rob en Marlene het hul werk bewonder: 'n verdwaasde Lesley, wat in pure orgastiese saligheid lê, nat tussen die bene.

EPILOOG

Toe Lesley van die werk af kom, 'n klein inkopiesak in die een hand en 'n beursie in die ander, was sy in 'n goeie bui.

Sy sit haar sak by die trappe neer en stap na haar man in die kombuis, wat ook nog in sy werksklere was.

"Jammer ek is bietjie laat," sê sy en soen Rob op die lippe terwyl sy steeds die klein inkopiesak vashou.

"Wat is hierdie?"

Sy glimlag en hou die sak uit. "Dit is 'n lekker geskenk wat Marlene vir my gegee het. Ons het 'n rukkie gelede koffie gedrink.'

Lesley haal 'n bottel uit en gooi die sak op die kombuistoonbank. Die bottel was deursigtig en het 'n helder vloeistof bevat. Maar wat die meeste van die bottel uitgestaan het, was dat dit duidelik gestel het dat dit slegs vir anale doeleindes was.

Trouens, die stof in die bottel is spesiaal gemaak vir anale seks. Dit was 'n nuwe produk wat gemaak is om anale seks baie makliker te maak.

"O my," sê hy met geligde wenkbroue.

"Jou piel . My gat . Op die oomblik ."

Lesley het die bottel aan haar man gegee. Sy draai om, trek haar broekie uit en gooi dit op die vloer. Sy sprei haar bene, buk vooroor en lig die agterkant van haar kantoorromp op. Dan sit sy haar hande op die toonbank, haar gat na buite.

Terwyl Rob die nuwe bottel lube in haar gat gegooi het, het Lesley die tuin in gestaar. Dit was 'n pragtige dag en die son het gesak. Sy het besef watter gelukkige vrou sy was. Sy het met die liefde van haar lewe getrou en hulle het 'n manier gevind om hul sekslewe na die volgende vlak te neem. Sy het ook die perfekte beste vriend gehad, die een wat dit alles moontlik gemaak het.

Die lewe was goed.

'n Eenvoudige druk, en Rob se haan het in haar klein gat ingegaan. Teen daardie stadium het Lesley gewoond geraak daaraan dat haar gat verby sy piel gestrek is. Hierdie keer het dit makliker gelyk. Marlene was reg, daardie nuwe bottel lube was fantasties, wat beteken het dat daar baie meer anale seks in Lesley se toekoms sou wees.

SMAL BOUDGAT

57

HOOFSTUK I

Dick se haan het stadig Samantha se gerimpelde, gesmeerde anus binnegedring en toe in dieselfde tempo uitgekom. Die sensuele toneel is verskeie kere herhaal en die warmte van haar smal kanaal het hom gou na meer laat smag. Hy het probeer om sy gebrek aan beheer oor die desperaat stadige spoed te ignoreer, en konsentreer op sy vrou terwyl sy haar boude op en af sy lengte beweeg. Met haar polse en enkels vasgeketting aan die bed, het sy geen ander keuse gehad as om die nuwigheid om as haar seksspeelding gebruik te word, te omhels nie.

Die ongewone wending het die vorige dag begin. Terwyl hy op pad werk toe was, lui Dick se selfoon presies 7:10 die oggend, soos verwag is. Selfs sonder om die beller-ID na te gaan, het hy geweet dit is sy vrou, wat elke oggend op dieselfde tyd gebel het.

Dick het die oproep handvry beantwoord en Samantha hartlik gegroet,

"Hallo, skat."

"Haai! Mis jy my al?" Samantha se stem was vol humor, want hulle het pas 'n uur vroeër geskei.

Dick het gesnuif,

"Natuurlik! Het jy al enige goeie stories gelees?"

Tydens haar oggendoefenroetine het Samantha dit geniet om stories op haar gunsteling erotiese literatuurblog te lees. Sy het die kategorieë 'Anaal' en 'BDSM' gekies en gehoop om elke dag die nuwe ontdekkings te vind. As een hom kielie, het hy vir Dick in groot detail tydens sy afsonderlike reise werk toe gesê.

"Ek het eintlik 'n baie warm 'Anale' storie gelees," het sy weemoedig gesê. "'n Man het sy vrou as straf vasgebind, en toe het hy haar 'n baie harde rit in die gat gegee. Dit het my supergeil gemaak."

Dick se stemtoon was sag deur haar nie-so-vae wenk te vang,

"O regtig".

"Jy weet ... dit is 'n rukkie sedert ons tyd gehad het om 'n paar kinky speletjies te speel. En ... wel ... ek was 'n baie stout meisie die afgelope tyd. Ek is redelik seker ek verdien straf." Deur my bes te doen om berou te klink, het sy daarin geslaag om pynlik te lyk.

Samantha was baie lief vir anale seks, wat 'n seën vir Dick was. Die probleem was dat sy soos 'n duiwel tydens anale orgasmes geskree het. Met die tienerkinders nog by die huis, was hul kanse om hulself te bevry maar min.

Omdat hy geweet het dat sy vrou desperaat was vir kinky seks, het Dick haar nie-so-subtiele uitnodiging in stride geneem. Sy was reg; dit was lanklaas dat hulle 'n wilde nag geniet het. In werklikheid was hy verbaas dat dit hom so lank geneem het om 'n geheime seksafspraak voor te stel, en hy het heeltemal saamgestem met die rigting van hul gesprek.

In reaksie op Samantha se ooglopende wens, het Dick sy deel gedoen. "Ek sal die regter wees of jy werklik 'n straf verdien. Vertel my nou wat jy gedoen het," het hy in 'n gesaghebbende stemtoon gesê.

"Wel, vir een ding, ek jaag nou toevallig," het Samantha geweet dit was 'n swak poging, maar dit was net die eerste blad.

Dick sug teleurgesteld, "Jy is elke dag haastig. Dit is nie regtig 'n straf werd nie."

"Ag, nie omgee vir haar fout nie, sy was reg vir die tweede blad. "Wel, ek het $30 uit jou beursie geleen voordat ek werk toe gegaan het."

Dick het gelag, "Ok ... nie veel van 'n verrassing nie. Meeste dae voel ek soos jou persoonlike OTM. Is dit al?" Hy het gevra en meer van sy vindingryke vrou verwag.

Nadat Samantha die beste vir laaste gespaar het, was sy vol vertroue dat sy op die randjie van sukses was,

"Dit blyk dus dat die Morrisons ons Vrydagaand vir ete genooi het en ek het gesê ons sal dit graag wil bywoon."

Daar was 'n paar oomblikke doodstilte terwyl Dick die ongewenste nuus verwerk het. Sy het goed geweet dat hy dit nie geniet om tyd saam met die Morrisons deur te bring nie. Alhoewel die vrou 'n dierbare vriendin van Samantha was, was die man sosiaal ongemaklik.

"Kleintjie," sê Dick, nadat hy sy keel hardop skoongemaak het, "jy verdien regtig 'n straf hiervoor. Laat ek kyk wat ek kan doen om môremiddag plek op my skedule te maak."

Toe Dick sy seksspeelgoed bynaam gebruik, het Samantha se poes styfgetrek. Om aan die genade van haar man uitgelewer te wees, terwyl hy haar liggaam vir plesier gebruik het, was die opwindendste. Gelukkig sou dit die volgende dag teen die middaguur gereed wees, wat die perfekte tyd was.

Verdoof deur die sukses, het Samantha skaars haar vreugde beteuel,

"Ag seun! Um, ek bedoel ... o nee! Wel, ek sal enige straf moet aanvaar wat jy voel pas by die misdaad. Maar, my boude voel baie sleg om die afgelope tyd uitgelaat te word."

Ontsteld oor die komende aandete met die Morrisons, het Dick besluit om sy vrou as gedeeltelike wraak te tart.

"Miskien is jou straf om anale omgang prys te gee," het hy in sy ernstiger stem geskerts.

Verstomp het Samantha feitlik verstik.

"Baba, straf moet altyd anaal insluit!"

"Jy is nie in 'n posisie om eise te stel nie, Kleintjie." Dick het sy pyniging behou, 'n wrang glimlag op sy gesig. "Ek sal jou versoek in ag neem, maar moenie daarop reken om daarmee weg te kom nie. Dit was 'n redelik ernstige oortreding. Ek begin nou by die werk. Ons kan later meer praat."

Moedeloos het Samantha geantwoord:

"Ek het jou lief".

"Ek is ook lief vir jou," het Dick afgelui, tevrede met homself omdat hy vir sy vrou een gegee het.

In haar motor was Samantha geskok oor die verloop van sake. Haar slim plan om 'n rowwe anale sessie te veroorsaak, het skielik ontspoor.

Sekerlik, Dick moet weet hoe graag hy 'n kinky hard ass-sessie wou hê!

Met die veronderstelling dat sy hom kon oortuig om te gehoorsaam, het Samantha vinnig 'n plan beraam om vir hom 'n paar Margaritas te gee. Daar was geen manier dat hy die aanloklikheid van haar gretige gat met 'n swaar slaan tequila op die lyf kon weerstaan nie en sy het die plek geken wat by haar behoeftes sou pas.

HOOFSTUK II

Die volgende dag het Samantha en Dick hulself net voor middagete tuis gevind. Toe sy 'n vinnige reis na haar gunsteling Mexikaanse restaurant voorstel, het hy ingestem. Nie net was die drankies sterk nie, die kos was uitstekend, en die belangrikste, die diens was vinnig.

Soos gewoonlik het hulle 'n afgesonderde hokkie aangevra. Nadat jy gaan sit het, het twee van jou gunsteling Margaritas magies op die tafel verskyn en jou kosbestelling is vinnig versorg. Met die voorrondes uit die pad, het hulle gesug en ontspan.

Samantha, 'n baie direkte persoon, het geen beswaar gehad om eerlik te praat nie. Met die hoop dat Dick vergeet het van sy absurde idee om anale seks te weerhou, het hy besluit om sy geluk te probeer.

"Haai baba, ek is nogal geil. Ons gaan mal word vanaand," sê sy terwyl sy hom 'n suggestiewe knipoog gee.

Dick het gelag en geraai dat Samantha bekommerd was oor sy dreigement om anale spel te vermy. Alhoewel hy alle voorneme gehad het om haar gat lank en hard te boor, het hy gedink dit sou pret wees om sy slenter voort te sit.

Hy lig 'n wenkbrou en hou sy poker-gesig na bo, en sê: "Vandag sal ons dit laagtepunt hou. Na alles, Kleintjie, jy verdien straf."

"Haha, baie snaaks. Raak ernstig en hou op om rond te flous," sê sy en probeer haar ooglopende besorgdheid verbloem.

Alhoewel hy gewoonlik 'n aaklige akteur was, het Dick selfversekerd gevoel in sy vertoning. Samantha het opreg voor haar oë gedraai en dit was nogal vermaaklik.

Hy leun af en praat streng:

"Moenie 'n fout maak nie, my besluit is geneem."

"Maar skat, geniet jy dit nie om my gat te naai terwyl ek aan die bed vasgemaak is nie? Jy kan my op my knieë sit, met my gat opgelig en doen wat jy wil met my." Sy het hom probeer verlei deur 'n erotiese beeld te skilder. "Stel jou voor dat jou harde haan in my gaatjie wegsink ... verbeel jou hoe ek skree as jy my laat kom ... dink aan my boude wat druk terwyl jou haan sy vrag in my leegmaak! Komaan, ek het nodig dat jy vir my 'n goeie hoeveelheid aflewer van kom by my agterdeur! Asseblief ...!"

Altyd beïndruk deur Samantha se anale entoesiasme, het Dick se piel dadelik verstyf. O ja, ek het beplan om dit alles en meer te doen. Maar vir die oomblik het hy die charade geniet.

"Ek het my besluit geneem. Anaal, slawerny en straf is vandag nie ter sprake nie," het hy gesê en daarin geslaag om belangeloos te klink.

Om Samantha se gesig van frustrasie te sien flikker, was vir Dick geweldig amusant. Hy het verwag dat sy haar strategie sou verander en was nie teleurgesteld nie.

Samantha het vinnig beweeg en hom probeer blameer.

"Maar skat, jy is die een wat my op anaal gehaak het! As jy daaroor dink, is dit regtig jou skuld. Jy skuld my 'n goeie gat fokken!"

Daar was 'n mate van waarheid in sy stelling. Dit het Dick meer as twintig jaar geneem om Samantha te oortuig dat anale seks die moeite werd is om te probeer. Sodra sy besef het dat anale orgasmes werklik was en die vaginale verskeidenheid meeding, het niemand haar gekeer nie. In 'n sekere sin was hy verantwoordelik vir die skep van hierdie anale monster.

Geïnteresseerd om te sien waarheen hy volgende kan gaan, het Dick aangehou om aan sy ketting te ruk, "Sendingposisie en vaginale penetrasie sal vandag doen, kleintjie."

Samantha se gesig verdraai in ongeloof. Daardie soort seks was goed vir weeksaande, wanneer hulle stil moes wees omdat die kinders tuis was. Maar hierdie goddelose geleentheid was te kosbaar om te verspil!

Samantha was vasbeslote om haar hand aan vleiery te probeer, en het nie 'n maat gemis nie.

"Oukei, luister. Ek gaan heeltemal eerlik wees. As jy nie so goed was om my gat te slaan nie, sou ek nie eers anale seks wou hê nie. Vaardighede soos joune moet nie vermors word nie."

Dick se reaksie was eenvoudig:

"Goeie probeerslag".

"Baba bind my asseblief vas en naai my gat! Dit is te lank sedert ons gespeel het en ek het dit regtig nodig," het hy as 'n laaste uitweg gekla.

Dick skud sy kop en dink daaraan om met haar te simpatiseer. As hy aan haar sou bieg dat dit 'n grap op haar koste was, sou sy kalmeer. Op die punt om te praat, voel sy skielik sy kaalvoet direk op haar kruis. Met haar tone streel sy saggies oor sy klipharde ereksie onder die tafel terwyl sy in oorwinning glimlag.

"Jy bly 'nee' sê, maar jou piel sê 'hel ja'. Is ek reg?" Samantha fluister, haar oë blink van vreugde.

Skielik, omdat hy nie wou opgee nie, het Dick 'n paar keer diep asemgehaal en probeer fokus op onaantreklike gedagtes. Die verbeeling van aandete by die Morrisons het hom uit die afgrond gebring.

Hy het stadig en sag gepraat en geantwoord:

"My reëls vandag word gehandhaaf."

Samantha het sy skouers opgetrek en gesug,

"Goed, jy wen, Baby. Kom ons geniet middagete en gaan huis toe. Hel, miskien moet ons net ontspan. Jy lyk 'n bietjie gespanne."

Hul bestellings het ingekom en die egpaar het hulle vinnig laat eet, terwyl hulle ander sake bespreek het. Dick was verbaas dat Samantha daarin geslaag het om die gesprek agter haar te sit, aangesien sy nie daarvan gehou het om te verloor nie.

In haar agterkop het Samantha geregverdig gevoel deur die voorbereidings wat vroeër die dag gemaak is. Dick het gekies om met vuur te speel en hy sou binnekort verbrand. Sy was ten volle bereid om op te tree en sy piel in haar eie gat te neem.

HOOFSTUK III

Toe hulle by die huis kom, het die egpaar reguit na hul slaapkamer gegaan. Dick sit op die hoek van die bed terwyl Samantha stadig haar jeans en wit toeknoophemp aftrek. Omdat hy goed geweet het dat hy 'n goeie ontkleetjie geniet het, het hy seker gemaak om sy bewegings te oordryf. Terwyl sy op die punt was om die swart kant bra en bypassende string te verwyder, het sy na haar man gestap en haar onderklere voor hom uitgehaal.

Samantha staan naak voor hom en kyk eerlik na Dick en vra:

"Liefie, kan ek jou 'n massering gee? Jy verdien een omdat jy so geduldig is met my manewales."

Alhoewel Dick gereed was om sy vrou se boude sinneloos te slaan, het Samantha se deurdagte voorstel hom ontroer. Haar masserings was redelik ordentlik en tydrowend.

"Dit is 'n goeie deal, Kleintjie. Gaan voort. Maar trek my eers uit."

Samantha het soet blosend geantwoord:

"Met plesier".

Aangesien Dick sy baadjie en das onder gelos het, het dit nie lank geneem nie. Sy het op die bed geklim en direk agter hom gebuk en haar knieë weerskante van sy lyf neergesit. Sy bereik sy bors, knoop sy hemp los en trek dit uit. Sy eenvoudige wit T-hemp het gevolg.

"Staan op en draai om," fluister sy verleidelik.

Dick het haar instruksies gevolg wat sy pelvis direk voor haar gesig geplaas het. Terwyl sy hom in die oë gekyk het, het Samantha sy gordel losgemaak, sy broek oopgemaak en toe die ritssluiter oopgemaak. Sy trek sy broek en onderklere af en laat hom kaal en half-regop gelaat.

"Nou, lê terug en laat my vingers hul werk doen," sê sy terwyl sy op die bed tik.

Dick is gelukkig om gehoor te gee en strek hom met sy gesig na onder in die middel van die bed uit. Nadat Samantha oor hom gespan het, het hy in die middel van sy rug gaan sit.

Sy het by sy skouers begin en besorgd gepraat:

"Ag skat, jou arms voel so styf! Sit hulle oor jou kop sodat ek al jou spiergroepe kan werk."

Dick is baie afgelei deur die nat kol wat op sy rug onder Samantha se poes gevorm het, maar hy het daarin geslaag om sy versoek te registreer. Terwyl hy sy arms na die kussings gestrek het, was hy vaagweg bewus daarvan dat Samantha vorentoe gly, totdat sy tussen sy skouerblaaie was. Nadat sy oor die rand van die bed geleun het, het dit gelyk of sy iets gryp. Toe, vinnig soos weerlig, voel hy koue staal om sy polse en hoor hy die duidelike klik van die boeie.

Dick se kop het teruggekap toe hy aan sy hande ruk en gevind het dat hulle beperk is. Die werklikheid het hard getref; sy skraal vrou het hom sopas laat val, niks gering nie aangesien hy baie meer geweeg het. Onmiddellik daarna het die ratse duiwel uit sy lyf geglip en langs hom gaan sit.

Alhoewel hy huiwerig was om na sy vrou te kyk, wat sekerlik trots was op die grap, het Dick sy kop na die kant gedraai. Wat dadelik sy aandag getrek het, is die glibberige poes wat tussen haar wydgespreide bobene uitgestal was. Hy kreun en voel dwaas omdat hy met die gesig na onder betrap is.

"Ha! Ek het jou heeltemal verneuk!" gil sy.

Dick het geweet dat sy nie hiermee tevrede sou wees nie, aangesien Samantha geneig was om te verlustig. Omdat hy oor die algemeen kalm was, was hy in die versoeking om deel te neem aan haar blydskap, maar het besluit om die situasie op te neem.

"Mooi skuif, Kleintjie," gee hy toe, altyd hoflik. "So wat gebeur volgende?"

Samantha het nie klaar geskree nie:

"Heilige guacamole! Ek het jou eintlik gevang! Ek wens jy het die uitdrukking op jou gesig gesien! Nogal 'n gedig!"

"Ja, jy het my ernstig opgeneem. So wat is die einde van jou speletjie?"

Sy het gelag vir sy onwillekeurige woordspeling.

"Dit is meer soos my 'boud'-speletjie!"

Sy het 'n paar keer diep asemgehaal en kalmeer. Pleasing Dick was beslis deel van die plan en sy wou hom gerusstel.

"Ok, ok! Ugh! Dit is jou opsies. Ek sal die boeie aan 'n klein stukkie ketting vasmaak wat aan die bedpaal vasgemaak is. Dit laat jou vry om op jou rug te rol. As jy daardie pad kies, sal ek kry op jou haan om dit goed te gebruik. Maar jy sal vir 'n verandering heeltemal aan my genade oorgelewer wees. Of ... ek kan hier bly en met my speel terwyl jy slaap. Dit is heeltemal aan jou, liefie."

Dick het dadelik besluit, maar het 'n vertoning gemaak om daaroor na te dink,

"Kom ons kyk, ek kan jou my piel laat gebruik, of hier soos 'n bondel lê om te snork. Ek sal vir opsie nommer een gaan."

Samantha klap soos 'n dogtertjie en was verheug. Terwyl sy 'n onderdanige rol tydens kinky speletjies verkies het, het Dick 'n voorheen onbekende warm knoppie gedruk deur te dreig om haar anale seks te ontken. Hy kon niemand anders as homself blameer vir haar uiterste maatreëls nie.

"Uitstekend!" het sy uitgeroep. "Draai nou om en hou jou bene uitmekaar. Ek moet jou enkels vasketting."

Dick het op een elmboog geleun en sy lyf gedraai soos Samantha leiding gegee het. Sy het uit die bed gespring en 'n paar metaalenkels uitgehaal wat sy vroeër die dag onder die matras moes versteek het.

Sodra al Dick se ledemate in bedwang was, het Samantha met trots haar werk bestudeer. Met haar blik op haar man se gesig gevestig, soen sy sy voorkop teer.

"Moenie bekommerd wees nie, skat. Ek sal sag wees," fluister sy direk in sy oor.

Dick, 'n stil ou, het vir die klein trickster gelag:

"Wel, kleintjie, dit lyk asof jy my het waar jy my wou hê."

"Wel, ek het jou. Dankie dat jy opgemerk het," lag sy toe sy na die deur koers. "Nou, bly stil en ek is dadelik terug."

Om beperk te wees was 'n nuwe ervaring vir Dick. Die egpaar was van die begin van hul verhouding by slawerny betrokke en gedurende hul drie dekades saam het Samantha ontelbare ure deurgebring geboei, vasgeketting, en selfs op 'n stok. Sy het nog nooit vantevore belangstelling getoon om die tafel om te draai nie, so dit was 'n onverwagte wending.

Dick was beïndruk dat Samantha haar wonderlike ervaring benut het om hom aan die bed vas te bind. Deur hom beweeglikheid te toets, was hy werklik trots daarop dat sy daarin geslaag het om hom te beveilig sonder om hom pyn te veroorsaak.

Die boeie was nie te styf op hom polse/enkels nie, en ook nie sy ledemate tot die punt van ongemak gestrek nie. Al met al was dit nogal 'n suksesvolle poging.

Sy aandag het verskuif nadat hy opgemerk het dat Samantha teruggekeer het en in die middel van die kamer gestaan het.

Om te sê dat sy vir die geleentheid aangetrek het, sou 'n understatement gewees het.

HOOFSTUK IV

"Hou jy van wat jy sien?" Samantha se oë het ondeund geskiet terwyl sy vir hom model gemaak het in haar nuwe uitrusting.

Gewoonlik het sy sagte, vroulike onderklere verkies, maar vanmiddag het sy 'n nuwe rigting ingeslaan. 'n Bandlose swart leerkorset het haar die voorkoms van 'n vrou in beheer gegee. Reeds klein, het dit haar klein middellyf selfs meer beklemtoon, terwyl dit daarin geslaag het om haar klein borste groter te laat lyk. Sy het gekies om sonder broeke te gaan en haar haarlose seks bloot te laat vir haar kykgenot. 'n Bietjie laer, tot by die bobeen, het deursigtige swart sykouse haar getinte bene omhels. Ter voltooiing van die erotiese ensemble het sy streng swart stiletto's gedra.

Dick se kakebeen hang oop en staar in verwondering na die voorkoms van sy vrou, geklee in so 'n gewaagde uitrusting.

"Shit! Jy lyk SO warm, Kleintjie!"

Sy trek weg van hom af, kantel haar heupe na die kant en klop haar boude. Met sy haan nou in 'n vol mas gevorm, het hy kort gesukkel om op te staan voordat hy onthou het dat hy aan die bed vasgemaak is.

"Kleintjie, laat ek opstaan en ek gee jou gat die moeilikste rit van jou lewe," sê hy en probeer onderhandel.

Samantha skud haar kop terwyl sy lag,

"O, ek gaan 'n rowwe rit hê, moenie bekommerd wees nie. Jy het jou kans gehad en jy het dit geblaas. Ek beplan om op my eie te vat wat ek wil hê."

"Toemaar! Ek het net gespot om anale seks te weerhou. Kom ons verander plek," het hy gesmeek.

Samantha trek sy skouers op en antwoord:

"Jy het die verkeerde sleutel geslaan, skat. Wat gedoen is, is klaar. As jy nou daarop aandring om te praat, sal daar gevolge wees."

"Maar," begin hy.

"Presies! Maar ..." antwoord sy en maak aanhalingstekens met haar vingers. "Dit is die naam van hierdie speletjie. Nou, ek het jou gewaarsku om stil te bly en ongehoorsaam te wees."

Samantha het met haar wysvinger aan die kant van haar mond geraak en haar oë in valse konsentrasie vernou.

"Kom ons kyk, hoe moet ek jou ongehoorsaamheid hanteer? Haai, ek het 'n idee," sê hy en swaai sy hande ernstig. "In plaas daarvan om te ploeter, moet jy jou mond gebruik om my te behaag!"

Omdat hy gevoel het dat die wedstryd goed op dreef was, was Dick nie seker of hy mondelings moes reageer nie. Hy het wyslik gekies om sy kop instemmend te knik. Samantha se verregaande uitrusting en onwelvoeglike houding het hom na enige soort kontak met haar liggaam laat smag.

"Ag, ek sien jy is 'n vinnige leerder," het sy gesê. "Kom ons sit jou mond aan die werk. Ek wil hê jy moet my stout gat lek, soos 'n goeie seun."

Weereens het Dick nadruklik geknik, bly om saam te stem. Om Samantha hierdie 'rolomkeer'-oomblik toe te laat, het net reg gelyk onder die omstandighede en hy was bly om haar op die reis te vergesel.

Versigtig om nie haar man te druk nie, kruip Samantha terug op die bed. Sy het hom by sy nek gespan en neergekniel, en haar agterkant direk oor sy gesig geplaas. Altyd terg, draai sy haar bekken terwyl sy haar hande langs die gladde rondings van haar boude vryf.

"Gee my nou bietjie plesier ... in my boude," het sy met gesag gesê.

Samantha voel hoe Dick se lyf bewe van die lag wat hy geveg het om te onderdruk. Om sy vrou te soen was nie regtig 'n straf nie en om te sien hoe sy geil word terwyl hy haar gat lek, was opwindend. Gevolglik was hy meer as bly om haar tevrede te stel.

Glimlaggend leun Samantha af en kyk tussen haar bene,

"Ek gee jou toegang tot 'n baie spesiale plek, Baby."

Asof sy 'n kosbare geskenk openbaar, beweeg sy haar hande na die middel van haar getinte boude en skei haar romerige wit boude. Daar, vir Dick se kykgenot, was haar fyn ster. In die lig van die dag kon hy maklik elkeen van die voue waardeer waaruit haar naamlose ingang bestaan het. Effens donkerder as die res van haar vel, het die toon haar 'n byna eksotiese voorkoms gegee. Oor die algemeen was dit 'n baie aantreklike teiken en hy was nooit moeg om dit te slaan nie.

Samantha het sy pouse verkeerd vertolk en woorde van bemoediging gespreek:

"Kom, skat. Jy weet wat om te doen. Sit jou mond op my gat."

Met plesier trek Dick sy lippe saam en druk dit teen Samantha se anus, wat nou bewe van afwagting. Aangenaam knibbel, suig en soen hy haar om die klein kringetjie, wat sagte gekerm van sy vrou ontlok. Hy was nie 'n amateur nie, hy het presies geweet hoe om die gerimpelde vel om haar agterdeur te hanteer.

Samantha was ewig in verwondering oor die plesier wat sy tydens anale stimulasie ervaar het. In haar gedagtes het dit bewys dat anale seks 'n natuurlike seksuele daad is, dat dit nie sy taboe-status verdien nie. Kort voor lank het die pragtige gevoel van sy mond wat teen haar opening smelt, haar op die been gebring en na meer verlang.

"Baba ... asseblief! Skuif jou tong op my gat en laat my klaarkom." kreun sy.

Sy het nie nodig gehad om dit twee keer te sê nie. Dick was 'n uiters vrygewige minnaar en hy het gehoop om haar tot die uiterste te druk. Hy het sy tong uitgesteek en dit styf gemaak so veel as wat hy kon, voordat hy die gat gepas binnegeval het wat sy vrou vrymoedig aangebied het.

Om te help, laat Samantha haar lyf stadig laat sak totdat haar tong skaars deur die strak ingang na haar plek van plesier loer. Die versengende hitte binne haar sensitiewe rand het haar so diep geraak dat dit vir 'n oomblik haar asem gesteel het. Samantha het 'n volle penetrasie verlang, en begin haar laaste afdaling na sy mond.

"Fok baba. Dit voel so goed! Oooooh!" Samantha begin haar gat op hom meedoënlose tong beweeg.

Dick het haar duidelike leidrade opgetel en gaan proe. Stadig maar seker het sy tong maksimum intieme kontak bereik. Soos gewoonlik het haar uitwendige sfinkter sy indringing na aanvanklike weerstand aanvaar. Sodra hy verby daardie versperring gekom het, stoot hy vorentoe, diep genoeg om haar mees onbuigsame interne sfinkter oor te steek.

"Aaahhhh! Baby! Asseblief! Maak my klaarkom!"

Alhoewel dit aansienlik kleiner as sy haan is, het Dick se tong opgemaak vir die grootte verskil met sy behendigheid. Hy het afgewissel tussen die rol van sy tong en in en uit haar mees privaat plek stoot. In geen haas nie, was hy bly om haar nood te besweer. Te oordeel aan die hoeveelheid poesap wat op sy ken opgedam het, het hy geweet sy sou binnekort klimaks.

Terwyl Dick sy towerkrag op haar boude gewerk het, was Samantha buite haarself. Sy het die hele dag met 'n mate van ongeduld vir hierdie oomblik gewag. Deur sy sensuele lippe en talentvolle tong op haar intieme area te voel, stuur 'n vlaag van verligting deur haar lyf. Terselfdertyd was die seksuele spanning wat opgebou het op die rand van ontplof. Dit was 'n interessante kontras wat sy geniet het.

Nadat hy etlike minute spandeer het om na Samantha se vleeslike drange om te sien, het Dick gevoel hoe haar postuur verander. Sy het haar rug gebuig en begin stadig op en af oor sy gesig beweeg, terwyl sy steeds haar boude oophou vir sy tong. Sy was naby aan aankoms en hy het hom gereed gemaak vir wat volgende sou kom.

Skielik het sy verstyf. In 'n desperate poging om ondersteuning te kry, het sy haar hande na sy bors geskuif en sy gesig tussen haar gelukkig klein boude gelaat. Hy kan skaars asemhaal, hy druk dapper voort.

Dit het gelyk of die tyd ophou toe Samantha van die orgastiese krans afgestorm het. Wat begin het as 'n klein vonkie wat in die middel van haar anus geleë was, het gou soos 'n veldbrand deur haar liggaam versprei. In daardie split sekonde het elke spier in haar bekken begin saamtrek en ritmies ontspan soos die geseënde vrylating haar geëis het.

"Oooohhh God!" Sy tjank bo-oor haar longe, haar kop teruggegooi in ekstase.

Na 'n paar sekondes het Samantha slap geword en vorentoe op Dick se maag geval en sy boude uit sy gesig getrek. Sy het prewel en vir 'n oomblik onsamehangend gelyk, maar het daarin geslaag om te beweeg en langs sy sy te bly met haar kop wat op sy bors rus. Sy streel hom en proes soos 'n tevrede sekskatjie.

Susan, reeds meer ontspanne, het uiteindelik gemompel:

"Baba, dit het ongelooflik gevoel. Jy kan nou praat, as jy wil.

"Nee. Ek gaan goed," was sy arrogante antwoord.

Sy kyk na sy gesig en glimlag,

"Regtig? Is daar niks wat jy wil sê nie?"

Sy enigste reaksie was om sy kop met 'n verwarde uitdrukking te skud. Soms was die woorde net nie nodig nie.

Deur Dick se gelofte van stilte te aanvaar, het Samantha se fokus skielik verskuif toe sy sien hoe sy piel trots tussen haar dye swaai. Elegant bedek met 'n druppel precum, het dit haar op 'n seksuele vlak geroep. Alhoewel sy uitgeput was van die krag van haar onlangse klimaks, het sy sy piel in haar gat nodig gehad en sy sou met niks minder tevrede wees nie. Aangespoor deur haar onmiskenbare begeerte, het sy haar hand uitgesteek en sy kloppende manlikheid met albei hande vasgegryp.

"Hmmm, jy sal baie gou praat," antwoord sy selfversekerd terwyl sy sy piel streel en dit met speeksel vul.

Oor die algemeen was Samantha nie 'n aanhanger daarvan om bo te wees nie en het verkies om die krag van Dick se manlike krag tydens omgang te absorbeer. Met die besef dat dit haar dominante oomblik was om te skyn, het sy besluit op die posisie wat Dick die beste uitsig sou gee. Nadat sy haar skoene uitgetrek het, gly sy vorentoe en hurk en staar na sy voete. Balanseerend op haar knieë, sweef haar gat tergend oor sy ereksie.

Samantha het ware anale bevrediging nodig gehad, en nou het die tyd aangebreek.

"Maak gereed, Baby. Ek gaan jou piel met my gat verkrag," fluister sy in 'n stem wat gekleur is van wellus.

Sy kom agter haar uit, gryp sy haan met haar regterhand en gebruik die ander om haar linkerboud opsy te trek. Met presiesheid het sy sy manlikheid teen haar honger gat in lyn gebring en sy kop by haar ingang gevryf. Die kombinasie van sy precum en haar speeksel was 'n effektiewe smeermiddel en sy het uit ondervinding geweet dat dit genoeg sou wees om haar deurgang te vergemaklik.

Dick voel sy klem toe sy piel uitsteek. Versigtig het sy voortgegaan om dit te monteer totdat sy heeltemal by haar agterste ingang gesit het. Alhoewel dit ver van sy eerste anale ervaring was, het Dick steeds die buitengewone uitsig van Samantha se gat waardeer, aangesien dit sy piel omvou. Nooit moeg vir die kragtige beeld nie, hy wens net sy kon sy standpunt bereik.

Hy het styf aan haar warm vleis vasgeklou en verlang na die soet wrywing wat voortspruit uit die wild in en uit die nou kanaal. Maar vir eers was hy tevrede om Samantha te laat ry en sy tyd af te staan.

Nadat Samantha dwarsdeur die invoegings- en aanpassingsperiode gekerm het, het Samantha uiteindelik met groot trots gepraat:

"Baba kyk! Ek het jou diep in my gat gedruk, alleen!"

Die teenwoordigheid van Dick se dik lid op haar boude het Samantha altyd in 'n wentelbaan geplaas, aangesien die rek van haar sensitiewe weefsel amper genoeg was om 'n orgasme te veroorsaak. Om op die rand van Nirvana te wees, was egter nie so goed soos om daar te kom nie. Daar was nog werk om te doen. Deur albei hande op sy dye te plaas en haar rug te krom, het sy haarself voorberei vir die finale rondte.

Sy het met vasberadenheid op sy harde lengte begin opstaan en val. Aanvanklik was dit doelbewus, terwyl dit teen 'n redelike pas probeer aanpas het. Sy het probeer om spoed op te tel, en sy het gevind dat dit nogal 'n uitdaging was sonder Dick se hulp. Sy het grasieus daarin geslaag om na haar sensasie oor te skakel sonder om sy piel te ontwrig. Maar dit het gou duidelik geword dat haar klein gestalte dit onmoontlik gemaak het om die strafkoers te behaal wat sy so begeer het.

Na 'n paar minute van Samantha se pogings, het Dick se desperaatheid ondraaglik geword. Alhoewel hy hierdie voorgereg geniet het, was sy haan honger vir die hoofgereg. Tog het hy teruggehou en gewag dat sy die getuie aan hom deurgee.

"Baby, ek ... dit ... is ... moeilik," het sy uiteindelik erken, nie in staat om met haar eie gat aan te gaan nie.

Dick was meer as gereed om die posisie van dominante staat te herneem. Tydens Samantha se volgende afsakking het hy onverwags sy heupe beweeg. Gevolglik het Samantha agteroor geval, terwyl hy nog op sy haan vasgepen is. Sy het met haar rug teen sy bors geland en probeer en kon nie regop kom nie. Dick het vir 'n paar sekondes gewag terwyl sy beweeg en seker gemaak dat sy stabiel in posisie is.

"Sê nou vir my, Kleintjie, wie is in beheer," fluister hy.

Verlig deur die hulp, was Samantha se versoek eenvoudig:

"Vir die liefde van God, sny my net uit, skat."

Dick het uiteindelik haar behoeftige gat losgelaat toe hy tevrede was met haar posisie. Hy het soos 'n bronco gespring en haar fel van onder af geslaan toe sy haar bekken effens bo syne hou. Haar gille, gekerm en pleidooie vir "MEER" was soos musiek in sy ore. Sy vrou was baie lief vir anale seks ... daarvan was hy seker.

Noudat Dick vir haar gegee het wat sy so nodig gehad het, was Samantha in die hemel. Ten spyte van hul relatiewe posisies het sy hom graag toegelaat om haar liggaam op te eis, wat dit sy eie maak. Groot en kragtig het sy piel haar op 'n manier aangetas wat sy tong nie kon nie en die dieptes waartoe hy haar binnemure laat sak het, het haar gou voorberei vir nog 'n klimaks. Om hom te hoor grom terwyl hy plesier in haar boude vind, het Samantha uiteindelik tot die uiterste gedruk.

"Asseblief! Moenie ophou nie!" Sy het gesmeek.

Nadat hy sy vrou op die afgrond gesien het, is Dick gou beloon vir sy woedende pogings. Toe hy uiteindelik beswyk, druk haar gat sy piel met bomenslike krag. Sodra haar ritmiese kontraksies begin het, het hy toegelaat dat 'n welverdiende orgasme sy liggaam oorneem. Stroom na stroom van sy saad het in haar harde wellus gestroom terwyl hy haar naam met wellustige plesier skree.

Reeds op die hoogtepunt van haar liggaamspasmas het Samantha 'n emosionele klimaks gehad toe hy haar by die naam genoem het. Daar was geen groter beloning as om Dick saam met een van hare tot orgasme te bring nie en sy het gefloreer op hierdie seksuele gejaag. Instinktief het sy sy heupe soos 'n anker vasgegryp terwyl hul lywe eenstemmig bewe.

Samantha het bo-op hom inmekaargesak nadat sy die seksuele tsoenami verweer het. Sy het vir etlike sekondes getas voordat sy probeer ontkoppel van die bron van haar seksuele bevrediging. Die volmaakte 'Dirty Girl' het sy kom op haar gat geniet en wou red wat sy kon. Verbasend genoeg het sy daarin geslaag om op te staan en alles in een beweging te draai en oor die lengte van haar lyf uit te sprei. Dick was tevrede om homself te laat ontspan, hoewel hy steeds deur die boeie vasgehou is.

Terwyl sy na sy stadige hartklop geluister het, het Samantha aangevoel dat hy dalk aan die slaap was en besluit dat sy haar middag seksspeelding vry kan stel.

Kortliks het sy gewonder of hy sou wraak neem. Met haar hele hart het sy dit verwag ...

Net die tyd sal leer.

ONTDEK DIE AGTERINGANG

79

Ek het gekreun en opgekrul Dit bed .

Die flou lig wat deur die gordyne gekom het, het vir my gesê ek was 'n bietjie laat geslaap as gewoonlik .

Ek het gesug en die deksels getrek digter aan my.

Ek het gevoel myne vriendin iets beweeg langs my en haar kaal gat teen die kant van my been druk .

Herinneringe na die aand voor gekom deur die oggendmis Onaangenaam hierbo .

Ons goedere uitgegaan van vriende in die dorp , a stil aand om te eet en 'n _ om te gesels . _

Cinthya, my vriendin, het vroeër die aand die muntgooi gewen, so ek was die een wat hierdie keer gekies is bestuurder .

Wanneer ons ons vriende links en teruggegaan kar toe , gestruikel sy An klein en ek het liefgehad haar opwaarts om te vermy _ daardie sy sou val.

Ek het die geleentheid aangegryp gebruik aan sluip weg _ van An soen en hare oulik gat te begryp , sodat _ sy begin piep en ek speels slaan .

"Jammer, ek kon nie weerstaan nie," sê ek met 'n knipoog toe hy terugstap in my arms .

Sy giggel , gelê haar hand aan myne kruis en klop daar saggies op .

'Ek ook nee ," het gelag hulle .

Ek het gelag ook en gehelp haar na die deur , terwyl ek a dramaties buig gemaak toe sy in die kar klim .

Voor ek die deur oopmaak sloot , ek het gegaan vir haar staande en vroeg haar of sy Dit nog steeds nie kon vertrek.

Glimlag greep hy myne kruis en wreef daaroor , stadiger en seker minder speels as die eerste tye .

Ek het gehad Dit gevoel dat ek een bietjie harder geword , maar weet daardie ons nog An helfte uur om te ry vorentoe _ _ gehad het , het ek een gedoen stap terug en die deur oopgemaak naby .

Wanneer ons huis toe gekom , gepraat ons oor ons aand en bespreking gekom aan July , Cinthya se vriendin wat onlangs opgebreek het gehad het van haar oud vriend .

Juli het 'n baie onthullende t-hemp gedra en Cinthya het met 'n glimlag gesê sy het dit 'n paar gedra tyd gehad het bekyk .

Ek het probeer doen asof hy daardie nie gehad het gedoen , maar Dit gehelp nee , hy was gewees skuldig aan die aanklagte .

Cinthya het gesê dit gaan goed met haar en dit sal moeilik wees om nie na haar as haar borste te kyk nie almal sigbaar was .

"Praat van hard..." terg hy terwyl sy hand nog een keer oor my kruis vryf. "Is dit om Julie te onthou?" vra hy en hardloop sy hand oor my styf haan instap .

"Nee, ek het net daaraan gedink om jou huis toe te neem en bed toe te neem," het ek gesê en vinnig na sy bors gegryp om met my regterhand te druk. om te begryp . _

Sy gil en stoot myne haan Deur myne jeans .

"Ek het 'n gevoel jy wil nie wag om by die huis te kom nie," het hy terwyl hy gesê het hy het my gevryf .

Is hande het altyd gegaan Onaangenaam myne ry terwyl hy fluister , " Miskien moet ons een of ander tyd om te kyk wat jou pik dink ..." Cinthya maak oop myne broek en getrek van An bietjie moeilikheid myne haan uit myne onderklere .

"Ahhh, daar is dit," sê hy terwyl hy my klipharde lid streel. "Ek dink nie hy kan wag tot ons by die huis kom nie," het hy geskerts, "ek dink hy nou wil speel ."

Met daardie leun sy Onaangenaam vorentoe en gelê haar kop aan myne geskiet en links stadig haar tong oor myne ruk gly .

Ek het gekreun en getrek Aan Dit stuur terwyl sy het my geterg .

Sy gehad het nog nooit An piel in haar mond gehad het terwyl sy op pad was en was opgewonde aan hom van haar wenslys af te stroop .

Sy gly haar mond oor myne haan en haar gerol tong rondom dit .

Van An kreun begin het sy haar kop beweeg op en af , haar warm mond het my mal gemaak .

Ek het hard gekreun en gelê An hand aan haar verstand , weet daardie sy daarvan liefgehad daardie Aan haar hare geword het geteken as sy aan is haan gesuig .

Die skuifelgeluid het die kar gevul terwyl sy aanhou om my te suig, maar ek het al die energie opgeslurp wat ek nodig gehad het om ons na veiligheid te bring. huis toe te bring .

Sy getrek haar mond van my haan en gekreun "Jy proe Soos hierdie verdomp lekker " voorheen sy Dit weer Onaangenaam binne gesuig .

Ek het geweet dat ek amper klaar was gewees vir An orgasme , so het ek gesê haar daardie sy Dit maar beter wat kalmer Aan kon doen , maar daarom geïgnoreer sy my terwyl haar kop myne haan nog vinniger geskud het .

Ons genader An stopteken en daar goedere geen sien karre , so ek het gestop , gegryp _ haar by haar hare en geut An huidige sperm in haar mond .

haar bly inkom mond gevoel spat .

Ek kon die laaste onthou tyd dat ek so hard en al hard gekom nie onthou .

Hy het stadig regop gesit en in my oë gekyk terwyl hy elke druppel van syne gedrink het mond ingesluk .

"Vat my huis toe," het sy gesê toe ek agterkom haar vingers het haar romp opgeskuif en ekstra werk gedoen hieronder haar broekie .

***

Ek het geword wakker uit myne gedagtes toe Cinthya self omgedraai en opgemerk wat ek verstrooi het myne nou kloppend oprigting gestreel nadat ek onthou het na die vorige nag in my kop gehad het herleef .

Hy het uitgestrek en gegaap voordat hy langs my gaan sit het. Sy hand het afgegaan om my hand van myne af weg te trek haan .

"Dit is myne," het sy gesê, terwyl haar vingers my liggies vinger.

"Julle almal," het ek gesê en gewys dat my hande af is besittings afgehou .

Hy gegaan stadig aan Dit bed sit en trek die lakens en komberse terug weg terwyl hy verskuif .

"Natuurlik, almal van my," kreun hy terwyl hy my maag soen voordat hy saggies oor my kop vryf . haan gesoen .

Nog 'n soen het gelei tot nog 'n klein soentjie en gou het sy my hele piel weer binne haar gehad mond .

Sy geweet hoe ek hou daarvan gevind aan wakker te word van An blowjob , maar na gister aand Ek wou dit hê sy ook wat plesier gehad het .

"Bring daardie warm katjie wat jy hier gekry het," het ek aangedring terwyl ek haar omhels bene gegryp .

Jy is nie die enigste een wat honger is nie vanoggend ," het ek geskerts .

Sy het saam gerol haar oë Onaangenaam myne arm grap , draai haar bene en binnekort goedere ons is in die klassieke 69-posisie.

Soveel as wat ek daarvan gehou het om my piel in haar warm, nat mond te voel, het ek dit selfs meer geniet om met haar te speel puik min poes .

Ek vertrek stadig myne tong oor haar lippe gly en kreun teen Cinthya tyd haar mond myne haan stadig op en af beweeg .

Sy vingers gespeel het almal lig van my balle en goed het af en toe _ geneem sy myne haan uit haar mond en my gestreel en gesê dat ek haar poes moes eet op .

Ek het verhuis myne hande aan haar bene sodat my _ vingers in haar deurweek poes kon gly en hulle _ stormloop teen my en probeer _ Soos hierdie Goed moontlik myne vinger naai _ _

Nadat ek haar An oomblik gehad het vasgespyker , het ek my gedruk tong Onaangenaam rug en wreef daarmee saam oor haar min klit .

"Mmmmm damn," fluister sy terwyl hy haar slaan nog meer betas .

Ek is weg myne vingers terug in haar gly en slaan van myne Ander hand aan haar oulik gat .

"KAK JA," kreun hy terwyl hy haar weer slaan .

Terwyl ek haar poes gestreel van lank , stadig bewegings , knyp myne Ander hand in hare gat , versprei haar boude en vir my haar gewys min anus sien .

Van An glimlag Ek het myne gelos vinger oor haar vagina gly , bedek Dit van haar sappe en gegly Dit daarna oor haar styf gat .

Ek het gevryf saggies oor haar boude en gewoel daar stadig myne vinger teen .

My ander hand het voortgegaan om in en uit haar warm, nat poes te werk terwyl ek styf met haar gewerk het min gat gespeel het .

Ek het vinnig moed gevat _ _ aan aan wat stywer in ruil vir haar anus druk en my _ _ vingerpunt aangespoor vir Dit eerste in haar gat .

Ek het liefgehad Dit daar , laat myne tong oor haar poes gly , gelek dit en slaan Dit An bietjie meer Aan van myne vinger aan haar gat , stadig knyp en vryf .

Ek het gedruk myne vingers uit haar poes en begin van haar klit te speel , wat veroorsaak sy gekreun en teen my _ gebots het .

As gevolg van hulle gly myne vinger aan haar gat verder as die eerste knokkel , verder as wat ek gehad het beplan .

Ek het gestop myne vingers terug in haar poes en gebly haar fok , my Ander vinger nog altyd in haar styf gat .

Op daardie oomblik het ek besef dat hy nie meer my haan suig nie, maar sy kop draai na om na my te kyk .

Sy Heupe gewaai liggies en hulle gekreun :

wat _ doen jy ?"

Ek het gehakkel dat ek haar liefhet poes geniet , maar sy het my gevra :

"Raak jy aan myne gat op ?"

Ek moes om in te gee wat ek doen was en begin om verskoning te vra , maar voor ek voortgaan kon gaan , ek het haar gehoor kreun

" hierdie is Werklike vuil " en hare Heupe begin wat beweeg harder , " verdomp vuil , my gat raak ".

"Sal ek stop?" het ek gevra Dit

"Hel nee, maak dit moeiliker," kreun hy terwyl sy mond weer opstaan myne haan geval het .

Ek het gedruk myne vinger fermer in ruil vir haar aan en geword beloon van An hard kreun .

Ek het gegee Dit om te speel van haar poes op en gefokus op _ haar gat .

Ek het verduidelik myne hand aan Dit bedkassie en betas blindelings totdat ek die bottel kry smeermiddel gevind waaraan ek _ Soek was .

Ek is weg myne vinger van hom gat gly en laat Dit kla .

Toe gooi ek bietjie smeermiddel aan myne vinger en begin Dit klein , styf gat van Dit vryf smeermiddel _ voor ek weer in myne kom vinger druk .

Sy uitgetrek diep asem , druk haar gat vir my en my gevra om _ van haar vuil gat om te bly speel .

Die lube het dit makliker gemaak om in haar gat in te gly, en gou het ek my vinger diep in haar gehad voorheen maagd gat .

Terwyl ek my vinger Onaangenaam in en uit buite laat gly , gekreun sy harder as ooit en sy Heupe geskud hard teen my , in een poging elk duim van haar binnedring _ _

"Ek wonder hoe goed jou haan daar sou voel," kreun sy terwyl sy kyk na my .

het ek gevra hom of hom Dit bedoel en hy geskree amper aan my dat ek my gat nou moes fok .

Sy getrek van my af weggedraai en gewag aan hande en voete aan Dit bed .

Ek het geskink meer smeermiddel oor myne haan en streel Dit aan Dit styf gat van my vriend vul . _

"Fok my gat, fok my gat," fluister hy, sy heupe heen en weer waai .

Ek het gegaan agter haar staan en vashou myne haan vasgestel , terwyl ek my gebruik kop in ruil vir haar verdraai gat gewoel .

Ek het gedruk stadig en gou skuif die punt in haar hare _ kreun weerklink teen die mure van die kamer af .

Ek het gedruk saggies myne haan in haar boude en hare kreun geword het harder wanneer hulle links .

Binnekort _ ek het my hele piel in haar gehad gat begrawe , my hande handvatsels haar Heupe terwyl ek vorentoe leun buig en vroeg hoe sy homself gevoel het .

"Shit, dit voel so goed," grom sy. "Fok my gat, fok my gat , skat ," het gesê hulle .

Ek het gedruk stadig myne haan Onaangenaam agter voor ek weer by haar inkom geduik , veroorsaak sy het van plesier gehuil .

Die hitte van die situasie het my mal gemaak en gouer as wat ek gedink het, sou ek klaar wees om te ontplof . _

Ek het vertel haar dat ek daar is amper was en sy kreun " Kom binne my , vul myne gat met jou warm cum ! "

Ek het gegryp haar Heupe ferm vas en gedruk myne haan in haar gat , terwyl ek hom diep binne haar begrawe toe ek gekom het .

By elk uitbreek van my Ek het haar gevoel liggaam kramp totdat ek haar sien gat gevul van myne semen .

Hy het sy gesig in die kussing begrawe en aangehou om te kerm toe my haan uit sy put kom befok gat gegly het .

Ek het opgerol myne terug volgende haar en liefgehad myne inasem .

Hy het handeviervoet gestaan en hyg .

Hy het sy kop na my toe gedraai en met 'n glimlag gesê: "Kom ons kry hierdie haan so gou moontlik hard, ek het nou een nog An nodig ."

RISKANTE OMGEKEERDE WEDDENSKAP

87

HOOFSTUK I

Skote tequila, mistel en die domste besluit van my lewe.

Dit was tien maande, maar hy kon steeds nie vir Jeremy Cartwright in die oë kyk nie.

En dit vryf my.

Nie net oor die dom, dom Kersfees-seks waaroor ek met my hele wese spyt was nie, maar omdat ek dit nou baie wou sien ná die reünie wat ek net verduur het.

En ek kon nie, want elke keer as ek na hom gekyk het, het ek aan hom gedink... toe ek hom verlaat...

Ag wat sou hy nie vir 'n magiese breinbreker doen nie?

Ek het vinnig oor die tafel gekyk.

Hy het vir my geglimlag.

Hibried.

Hy kon nie onthou wanneer laas Jeremy 'n spandoel bereik het nie.

Hoekom het hy oorkant die tafel vir my geglimlag toe hy skaam was?

Want die man was nie skaam nie.

Dit was nie 'n gebrek aan vaardigheid wat hom teruggehou het nie, nee, Jeremy was maar lui.

Luiaard.

Hy het deur die geledere gestyg vanweë sy sjarme, mooi voorkoms en verkleinwoordigheid.

As iemand wat kragtig geveg het vir elke bevordering en elke vlak van die korporatiewe leer, het hul moeitelose bevorderings my mal gemaak.

Die goeie seun van die suide waarmee hy almal behalwe ek geslaan het, poseer.

Dit moes saam met Lucy Sander, die nuwe Oos-afdeling-spanbestuurder, gewerk het.

Lucy, wat my sopas daarvan beskuldig het dat ek nie 'n spanspeler is as gevolg van haar nie.

Ek, Nancy Harrison, is nie 'n spanspeler nie.

Is ek nie 'n spanspeler nie?

Ek is die woordeboekdefinisie van 'n spanspeler.

Ek het alles vir die span gedoen.

Ek het alles gegee, bloed, sweet, trane en elke ander dom cliché.

Hy het net gevra of ons na individuele teikens moet kyk wanneer dit by kwartaallikse bonusse kom.

Te oordeel aan die uitdrukking op sy gesig kon hy net sowel 'n hondjie groothandelaar gewees het.

Dit was nie net Lucy wat sleg gereageer het nie; Hulle het almal na my gekyk asof ek Cruella De Ville is.

Almal het gedink hy het 'n nare agenda om die bonusstruktuur te herkonfigureer.

Hy het nie probeer om iemand uit 'n bonus te haal nie.

Almal het heeltemal die betekenis van wat ek gesê het verloor.

Ek was mal daaroor om vir Williams Resource Recovery te werk.

Ek het direk vanaf universiteit by die maatskappy aangesluit toe ek nog 'n beginner was in die relatief nuwe veld van konsultasie oor omgewingshulpbronherwinning en emissievermindering.

Ek het gelewe vir die maatskappy en sy ideale, veral sy riglyne vir integrerende bestuur.

Hy was 'n sterk voorstander van die bevordering van 'n samewerkende besigheidsomgewing eerder as 'n mededingende een.

Hy wou nie die gees van kollektiewe doelwitte heeltemal verbreek nie.

Ek wou net, ek wou net... wou net...

Straf lui Jeremy Cartwright.

Dis wat ek wou hê.

"Wat is jou probleem?" Ek het vir hom oorkant die tafel gesis, en ek haat die manier waarop hy soos 'n soort mal skelm geklink het.

Ek is nie so kwaad en bitter mens nie, dit was oor hom, net hy, wat my so laat optree het.

Hy het gelag.

Hy het sag gelag asof dit 'n bietjie snaaks was, wat haar hom net meer laat haat het.

Ons was die laaste in die raadsaal.

Ek het gebly want as ek nie feitlik my boude aan die stoel vasgepen en die armleunings van die stoel gegryp het nie, sou ek die kamer in 'n vlaag van woede verlaat het.

Ek wou nie van die stoel af opstaan totdat my bene ophou bewe het van die woede wat deur Jeremy Cartwright toegedien is nie.

Hoe ek sy lawwe glimlag wou wegneem, maar asof ek voel hoe naby hy my gaan breek, het Jeremy agtergebly om my te terg met sy melodieuse lag.

'My probleem, skat? Wat is jou probleem? Ek is nie die een wat wit kneukels kry as hulle swaar kry in vergaderings nie.'

"Wit enkels? Ek het dit nie, ek is..."

My verontwaardiging het bedaar toe ek agterkom my vingers het gevoelloos geword van die bloedverlies uit die greep.

Ek haal my vingers van die armleunings van die stoel af, haal diep asem en begin na binne sing.

Ek is kalm.

Ek is kalm.

Ek is kalm.

Dit het my baie goed gekalmeer – die witkoppies was weg van my perifere visie en ek kon nie meer my verhoogde hartklop in my voorkop voel toe dit begin neurie nie.

Daai baster.

Verlede Kersfees die liedjie wat gespeel is toe ons...toe hy...

O god, ek moes nie, ek wou nie teruggaan nie, nie nou nie.

Ek het myself gedwing om op te kyk om sy kwaai blou oë te ontmoet.

Ek het stadig gepraat om te verhoed dat die hoë woede wat in my bloed kook, in my stem insypel:

"My probleem, Jeremy, is dat jy nie 'n maklike doelwit kan bereik om jou fuzzy en waardelose lewe te red nie."

"Regtig?" hy vervaag die woorde.

Ek het hom maar lui en nutteloos genoem en die ou het nie eers die ordentlikheid gehad om bietjie vererg te klink nie.

Hy het net sy kop gekantel asof hy iets interessants vir haar gesê het.

"Nancy, ek gaan hierdie doelwitte bereik. Trouens, ek sal hulle nie alleen bereik nie, skat, ek sal joune oortref.'

Ek kon die harde snork nie help nie.

Ek moes grappies maak.

Ernstig?

Daar was geen manier dat hy ernstig was nie.

Verlede jaar was hy nêrens naby die teiken nie.

"Reg. Ja."

Ek buk oor die tafel en onderbreek elke woord met 'n spottende skud van my kop.

"In jou drome."

Die suidfasade van die goeie seun het vir 'n oomblik verdwyn en die sagte blou oë het ysig geword.

"Wil jy 'n weddenskap plaas, juffrou Harrison?"

Skielik was ek bekommerd, regtig bang, wat geen nut gehad het nie, want sy moed het geen kans gehad om my te kry nie, wat nog te sê van my oorweldig.

Doelwitte moet binne drie weke ingedien word.

Maar om een of ander rede wou hy nie speel nie.

Hy wou nie waag om die betekenis van daardie ysige blik te weet nie.

Ek het nie geantwoord nie.

Ek het gekies om die volwassene te wees, het opgestaan en om die tafel geloop tot by die uitgang.

Met elke tree wat ek gegee het, het ek dit duidelik gemaak dat ek te volwasse is om met hierdie dinge te speel.

Ek het dit geniet om die volwassenheidskaart te speel, maar toe ek daaraan raak, het hy my hand uitgesteek en my arm gegryp.

"Is jy bang?" hy het my uitgedaag met haar sagte suidelike aksent.

Ek het sy hand geskud.

"Ja. Natuurlik. Ek bewe. Absoluut bang. Skud my gat."

Ek het omgedraai en my gat na hom toe geleun en dit geskud terwyl ek geskud het soos 'n ekstra in 'n rap-musiekvideo.

Groot fout aan my kant.

Hy het gelag.

'n Verruklike gerug wat ongetwyfeld elke vroulike oor na die geluid laat sug het, behalwe ek.

Hy het opgestaan, nader geleun, so naby het sy growwe ken my oor geborsel en ek moes 'n rilling veg.

Terwyl hy op my boude leun, het hy gemompel:

"Sal ons op daai gat wed?"

Ek het omgedraai en hom met albei hande teen sy bors gedruk.

"Wat?"

"Wed op jou gat, juffrou Harrison. Te sterk vir jou? Wil jy onttrek?'

Ek het na die oop konferensiekamerdeure gekyk om seker te maak niemand het haar woorde gehoor voordat ek iets vir haar gefluister het nie.

"Die weddenskap gaan beide kante toe, maat. Is jy gereed om hierdie verlies te trotseer, aantreklike seun?'

Ek het na sy gat gestaar, wat hom weer laat lag het.

"Ek dink ek is redelik seker daaroor," het hy gesê.

Wat my kwaad gemaak het.

Belaglik kwaad.

Dom genoeg om my hand uit te steek en te sê

"Jy het hom as 'n pragtige seuntjie."

Dom, nie omdat ek gedink het ek sou wen nie, maar omdat ek ingegee het aan hul voorgee om aan daardie weddenskap deel te neem.

"Liefie, ek gaan jou volgende week slaan," het hy gesê en na my uitgestrekte hand gekyk en my laat vervaag.

"Dis wat jy wil hê."

Ek het na hom gestaar en sy glimlag in 'n groot glimlag verander.

Hy was op die punt om my uitgestrekte hand terug te trek toe hy dit gryp en my na hom toe trek.

Hy het vorentoe geleun, sy mond teen my oor, die sandelhout en die man se reuk wat saam met hom brand.

"Ag skat, ons weet albei die waarheid. Is dit nie?'

Die klank van sy stem.

Die reuk van jou vel.

Die hitte van sy liggaam teen my het my laat ineenkrimp.

Weer het die verdomde Wham in lied gedreun.

Mistel hang aan die kantoordeur.

Die smaak van rum en fondantkoek op haar lippe.

Die warmte van sy hand het my gat aangeraak.

Die harde houtrand van die lessenaar het in my heupbene gesny.

Die geluid van my stem het in orgasme geskree en vir meer gevra.

Vannaand.

Op daardie dom en roekelose nag het ek 'n vinger met my eie sappe teen my anus laat bevochtig.

Hy het hierdie geheime plek oor en oor geterg, elke hou 'n bietjie dieper totdat hy alles daarin gedruk het.

Sy diep stem weergalm in my oor en sê vir my dit sal die volgende keer wees wat hy my genaai het.

Ek het die geheue afgeskud.

Daar was nie die volgende keer nie.

Daar sou geen volgende keer wees nie.

Daar was nie genoeg tequila in die wêreld om my na hierdie situasie te laat terugkeer nie.

'Jy is so gespanne, Nancy. So senuweeagtig. Ek kan jou daarmee help," prewel hy en laat sak sy hand om op die ronding van my gat te rus.

'n Skoot hitte het deur my geskiet met sy aanraking.

Ek het weggegaan, skaam oor hoe nat die herinneringe my gemaak het.

Waaroor het hierdie man gegaan?

Hoe kon hy my so kwaad maak en hom steeds wil hê?

Ek was op die punt om die weddenskap terug te trek.

Om vir hom te sê dit was alles 'n groot dom fout aangesien hy op daardie stadium 'n vinger op my lippe gesit het.

"Shhh, Nancy, geen tyd om te praat nie, ek moet teruggaan werk toe as ek jou punte wil klop."

En toe was dit weg.

Nie baie vinnig nie.

Steeds op daardie Mediterreense manier het hy die konferensiekamer verlaat en teruggegaan na sy kantoor.

HOOFSTUK II

Tracy het my by my lessenaar gekry.

Hoe het ek geweet dit sou hier wees?

Ek het doelbewus die eetkamer vermy in die ydele hoop dat ek van hierdie gesprek ontslae kon raak, maar al wat ek blykbaar gedoen het, was om die onvermydelike uit te stel.

"So," sê hy terwyl hy oor my lessenaar leun, "jy lyk soos die Grinch. Ek het gehoor jy probeer ons kollektiewe bande steel."

Ek het nie geantwoord nie.

Hy het sonder om te vra in my gastestoel gesit en na hom toe gegaan en baie tabak en dagga reuk gebring.

" Jy weet wat die probleem is, reg? "

Ek het geweet waarheen dit gaan.

Waar dit ook al was met Tracy...

"Jy moet hierdie man uit jou gedagtes kry"

... onder die gordel.

Volgens Tracy was daar niks in die wêreld wat nie deur 'n goeie hoer reggemaak kon word nie.

Van die Midde-Ooste-krisis tot 'n slegte dag, het hy altyd daarin geslaag om alles terug te bring na seks.

Ek het gesug en my kop laat sak om liggies teen die lessenaar te tik.

"Herinner my weer hoekom presies jy my beste vriend is?"

Sy het gelag, soet klank gemeng met hard, die produk van 'n lewenslange liefde vir die geure van Lucky Strike.

"Omdat jy jou werk sal moet ophou om iemand te vind en ... "

Ek het hom in die rede geval en sy sin voltooi...

"... ek weet alles van jou, so meer as jy in elk geval."

"Sjoe. Huh."

Hy streel my kop af.

"Jy moet na die haarkapper toe gaan, skat. Hoekom gaan jy nie vandag vroeg nie? God weet hulle skuld jou ure."

Ek het regop gesit, 'n hand deur my hare gedruk en my lang kuif gegryp.

"Ek kan nie, ek moet..."

"Jy moet befok word. Jy moet jou hare sny. Jy het 'n lewe nodig. Dit is wat jy nodig het. Die aarde gaan nie in koolstofchaos sink nie, want jy verlaat die maatskappy 'n bietjie vroeg om gereed te maak."

Ek het gesug.

My knal val weer oor my gesig.

Ek het dit met 'n swaai lug uitgeblaas.

Miskien was sy reg, maar sy het geweet ek was te hardkoppig om dit te erken.

Ons het na mekaar gekyk, ek frons deur 'n gordyn van hare en sy glimlag, daardie perfekte skoonheidskoningin-glimlag.

Hy het vir my geglimlag met 'n vals glimlag.

Ek het eerste inmekaargesak.

As dit nie vir hierdie ontmoeting en die dom Jeremy Cartwright was nie, sou ek dalk die stamina gehad het om my blik onverskrokke te hou, maar ek het toegegee.

Dit was sy skuld.

Dit was alles sy skuld.

"Goed," het ek gesê.

Tracy het opgestaan.

"Ek weet ek is reg," sê sy terwyl haar skoonheidskoningin-glimlag in 'n groot glimlag verander.

"Ek het nie gesê jy is reg nie."

Hy het sy oor met sy hand toegemaak en gesê:

'Wat was dit? Ek het niks gehoor nadat jy gesê het hy is reg nie.'

Ek het 'n nuttelose "teef" gemompel terwyl sy terugdeins.

Hy stop by die deur en sê oor sy skouer:

"O, ek het vir jou 'n afspraak vir vier met Dustin by die haarsalon bespreek. Moenie laat wees nie. En doen soos hulle vir jou sê.'

'Wat? Ek wil net haarkapper toe gaan. Dis al,' het ek geskree, maar sy was om die draai.

HOOFSTUK III

Die volgende dag het ek teruggekom met my hare gesny, gekleur, gepoleer, gewas en amper vierhonderd dollar armer.

Ten spyte van die onverwagte uitgawe van geld, het ek redelik goed gevoel totdat ek dit gesien het.

Hy leun teen die kantoor se deurkosyn en lyk soos een van die groot katte wat hy gisteraand op die Discovery Channel gesien het.

Met sy blonde hare en roofsugtige grynslag was dit maklik om sy kop voor te stel as die kop van 'n trotse leeu.

Hy het sy oë van my kop na my voete verskuif, en dan stadig sy blik gelig om weer op my gesig te land.

Die manier waarop hy na my gekyk het, het my senuweeagtig gemaak.

Ek het opgehou.

Ek het in die middel van die saal gestop.

Ek het nie besef ek is soos 'n verdwaasde prooi gevries totdat iemand my arm verbygesteek het en ek gereageer het nie.

Hy het gelag.

Ek het kwaad na hom toe gegaan en sy bors geklop.

Hy het haar gevang en haar styf vasgehou.

"Wat?" het hy met 'n irriterende valse onskuld gesê.

Ek het gesnuif, my hand van syne af weggetrek en hom na die kantoor gestoot. Ek het my sak op die lessenaar gegooi.

Annabelle, die vrou met wie ek die afgelope twee jaar die kantoor gedeel het, was met kraamverlof, so ek het die kantoor vir myself gehad.

Ek het so baie daarvan gehou.

Sy was nie baie van 'n gemeenskaplike ruimte meisie nie.

En in 'n perfekte wêreld sou ek my eie kantoor in die hoek hê.

Jeremy kom in sonder om te vra en sit sy stywe gat op Annabelle se lessenaar.

Ek het hom geïgnoreer, die rekenaar aangeskakel en my e-pos nagegaan asof hy uit die kantoor is.

Hy maak sy keel skoon.

Ek het my oë op die skerm gehou.

Hy het gelag en ek voel hoe 'n kwaai hart in my voorkop klop.

"Jy lyk pragtig, skat."

Ek het na hom gedraai.

Jy het my gevlei, moet ek jou bedank vir iets?

Bietjie onwaarskynlik.

"Ek weet," het ek grom gesê.

Hy het laggend vorentoe gestap en teen my lessenaar geleun.

Hy stoot die papiere van die tafel af en leun sy elmboë daarop.

Jy verdomde arrogante een.

Ek het na hom gestaar.

Hy het nader aan my geleun.

"Tracy het vir my gesê jy het gister vroeg vertrek om skoonheidsalon toe te gaan."

Ek knik.

Hy lig 'n hand op en ruk aan 'n lok krulhare.

"Jy het jou hare gedoen."

Ek knik weer.

"Iets anders?"

Ek stap terug van die lessenaar af en draai die stoel van hom af weg.

Deur sy reuk.

Deur jou teenwoordigheid.

Sy oë het oor my lyf gegly en doelbewus by die kruis van my bene stilgehou.

Sy blik was skroeiende hitte wat ek tussen my stywe dye voel klop.

Ek was gewas.

Meer as wat sy verwag het, het Tracy blykbaar 'n paar spesiale versoeke aan Dustin gerig.

Ek het volwassing weerstaan omdat ek 'n speelarea verkies het wat ten minste 'n bietjie gras was.

Hoe het hy geweet?

"Tracy," het ek geprewel.

Hy lag, stoot weg van die lessenaar en knik.

'Het hy dit vir jou gesê? Het hy jou vertel van my groei?'

Ek kon nie glo sy het nie!

Hoekom moet sy dit doen?

Hy lag weer harder.

Toe hy klaar was, het hy gesê:

"Ag skat, sy het vir my gesê jy is by die salon. Sy het vir my gesê jy het alles gewas."

My gesig het rooi geword soos 'n brandweerwa.

"Het jy dit vir my gedoen?" vra hy terwyl hy sy kop kantel.

"Wat as ek gedoen het? Wat as ek gedoen het?" Ek het gehakkel, "Is jy ernstig? Vra jy my dit regtig?"

'Geen. Nie regtig nie. Ek hou net daarvan om met jou te speel. Jy beter teruggaan werk toe. As jy dus in ag neem hoe vroeg jy gister vertrek het, moet jy vandag inhaal.'

Haar mond was oop lank nadat hy weg is.

HOOFSTUK IV

Dis hoe Tracy my gevind het.

"Ag skat, jou hare lyk pragtig. Wat? Wat?" Sy kyk oor haar skouer. "Waarna kyk jy?"

Ek het my kop geskud.

Sy knik en gaan sit by Annabelle se lessenaar.

"Aaah, Jeremy was reg hier?"

'Ja dit was dit. Asshole.'

"Hoekom haat jy hierdie man so baie?"

'Hy is lui. Hy het niks gedoen sedert hy hier aangekom het nie. Hy lyk net perfek en kry wat hy wil hê.'

"Regtig? Hmmm."

Tracy lig 'n wenkbrou en buig haar kop.

"Wat is dit veronderstel om te beteken?" het ek uitgeroep.

" Die wêreld is vir jou heeltemal swart en wit, reg? Goed en sleg. Geen skakerings van grys nie."

"Hier is geen grys hier nie," het ek gesê en die laaste kwartaalverslag wat ek gistermiddag gelees het, aangestuur. 'Hier is swart en wit wie werk en wie nie. Jeremy nie. Hy het dit nog nie gedoen sedert hy verlede jaar van Chicago verhuis het nie."

Tracy skud haar kop.

"Soms, skat, is die regte storie nie op papier nie. Dit lê in die persoon.'

"Ek ken daardie persoon," het ek gesê, "hy is 'n arrogante idioot. Dit is die persoon. Kyk, ek moet werk. Nou as jy net kriptiese opinies oor Jeremy Cartwright het, kan ons hierdie gesprek vir middagete uitstel. Of dalk nooit?

Tracy skud weer haar kop voordat sy vinnig knik en na die deur toe gaan om te vertrek.

Hy stop by die deur, draai om en sê:

"Dink, Nancy, skat, daar is meer in die lewe as om net 'n goeie werk te doen. Jeremy Cartwright is die enigste ding waaroor jy passievol was, behalwe om koolstofvrystellings te verminder of die president se veldtog. Ek wil hê jy moet daaroor dink. Dit doen iets beteken."

'Dit beteken niks. Dit beteken niks.'

Sy haal haar skouers op en sê oor haar skouer toe sy weggaan:

"Ek sê nie jy moet met die seun trou nie. Jy moet hom net 'n bietjie verwar.'

So kwaad as wat sy my laat voel het oor al haar kriptiese opmerkings oor Jeremy, het ek vir haar reaksie gelag.

Fok hom 'n bietjie.

Ek het dit reeds gedoen.

Eintlik op hierdie lessenaar.

My verklikker tepels verhard by die geheue.

Ek het die flits afgeskakel voordat dit my hele lyf oorgeneem het en na my rekenaarskerm teruggekeer het.

Hy het werk gehad om te doen, hy het nie tyd vir Jeremy Cartwright gehad nie.

HOOFSTUK V

Ek het tot middagete gewerk.

Tracy het haar kop vir 'n oomblik omhoog gehou om my te skel, maar ek het haar geïgnoreer en my sake gedoen.

Eers toe ek van die rekenaarskerm af opgekyk het om my rugpyn te probeer verlig, het ek ontdek dat die saalligte af is.

Dit was donker.

Ek het op my horlosie gekyk en gesien dis amper nege in die oggend.

My maag dreun uit protes.

Ek het van my lessenaar af teruggetrek, opgestaan en die naaste masjien gesoek.

Ek het voor die masjien gestaan en probeer regverdig om verskeie pakkies verpakte kos te kombineer vir 'n voedsame aandete toe die hysbakdeure oopgaan.

Ek het dit geruik voor ek dit gesien het.

Thai kos.

Die reuk van pittige lemmetjie en knoffel het in die lug gehang en amper verdwyn.

"Pringles vir aandete?"

"En 'n koevert grondboontjies," het ek geantwoord.

Jeremy lag.

"Reg, want dit maak die verskil."

"Natuurlik is dit."

Ek het die pringles vasgehou en gesê:

"Aartappels" en dan die pak grondboontjies "sade".

Hy het die plastieksak kos wat hy in sy linkerhand gehou het omhoog gehou.

Cartwright is Thai. Genoeg vir twee. Wil jy 'n paar hê?'

Ek het my kop geskud terwyl my maag 'n verleentheid gil en ja gesê het.

Jeremy kyk af na my nog tranerige maag, die hoek van sy mond ruk in 'n geamuseerde glimlag.

"Goed," sê ek en gryp die sak uit haar hand, "kom ons doen dit dan."

"Met sulke genadige aanvaarding is ek meer as bly om daaraan te voldoen."

Hy het sy hand uitgesteek en effens gebuig.

"Gaan asseblief voort."

Ek frons, draai om en stap na die kafeteria.

Hy het my arm gegryp en sy vingers om my pols gevou.

"Uh, uh," het hy gesê, "in my kantoor."

"Hoekom?"

"Omdat dit my kos is en ek kan sien waar ons dit eet."

Ek wou vir hom sê waar om sy kos te sit, maar die gedagte om terug te gaan na die pringles en 'n grondboontjie-ete het my in die woorde laat stik.

"Goed," sê ek en skud my arm van sy hand af.

Hy laat los my pols en sit sy hand op my gesig met 'n effense glimlag.

Hy het 'n vinger oor my voorkop na my kakebeen gedruk, toe 'n verdwaalde hare agter my oor ingedruk.

Ek het my asem opgehou sodat hy nie sou los nie.

Hy het nader gekom.

Ek het gesug, my oë toegemaak, my ken gekantel en gewag, gereed vir 'n soen wat nooit kom nie.

Hy het gegaan.

Ek het die verlies van sy nabyheid gevoel terwyl 'n rilling deur my lyf getrek het.

Wat 'n idioot!

Wat het ek gedink toe ek gewag het dat hy my soen?

Ek het opgekyk en verwag dat hy vir my moet glimlag, maar in plaas daarvan...

Die lug het weer uit my longe gekom toe ek sy oë ontmoet.

Blou vuur.

Warmte het oor my gekom.

'n Vlaag van begeerte wat my knieë amper laat klop het.

"Kom," het hy gesê.

"Komaan?"

Hy wys na die vergete plastieksak wat aan my hand hang.

"O, aandete," sê ek en knik om hom na sy kantoor te volg.

Sy kantoor was op die hoek.

Met twee vensters met skouspelagtige uitsigte en sonder om te verdeel.

Nog 'n rede om nie daarvan te hou nie.

Hy het nie die lig aangeskakel toe ons inkom nie, wat ek nogal vreemd gevind het.

Hy was op die punt om die lig aan te skakel toe hy 'n lessenaarlamp aanskakel wat die kamer in 'n sagte geel gebad het.

"Goed," sê ek en wys na die ou koper-lessenaarlamp.

"My oupa het dit vir my gegee," antwoord hy en skuif sy stoel van agter die lessenaar af en plaas dit langs die gastestoel. "Jy kan sit."

Ek wens hy het nie sy stoel so naby aan myne gebring nie.

Sy knie stamp teen my toe hy regop sit.

Sy steek haar hand in haar sak en haal die klein boksies kruideniersware, twee bottels water en twee stelle eetgerei uit.

Twee?

Ek het die eetgerei wat aangebied is geneem en kon myself nie help nie.

Ek kon nooit.

Onbeantwoorde nuuskierigheid sou my opvreet.

"Hoekom twee wedstryde?" Ek het hom gevra.

"Ek het geweet jy is nog daar. Ek het geweet jy het niks geëet nie.'

"Luister!" Ek het geprotesteer en na die houer Cartwright Thai gewys wat ek op my knieë in my skoot neergesit het.

Hy rol sy oë.

'Regte kos. Ek het geweet jy sou nie regte kos geëet het nie.'

"Wel," sê ek en druk 'n oorlaaide vurk vol Thai-noedels in my mond. "Wat gee jy om?"

"Dit is vir my belangrik," het hy gesê en daardie blou oë op my gevestig.

Ek was skielik senuweeagtig.

So ek het gedoen wat in daardie oomblikke natuurlik vir my gekom het.

Ek het 'n onsamehangende gebabbel van nuttelose inligting begin:

"Thais gebruik nie eetstokkies nie. Daar is geen eetstokkies nie. Het jy geweet? 'n Vurk en lepel. Hulle gebruik dit. Een van die min Asiatiese lande om dit te doen. Die vurk word gebruik om kos op die lepel te sit. Hulle eet van die is die lepel. Na die anneksasie van..."

Hy het sy hand saggies uitgesteek en aan my knie geraak.

Ek was verbaas en het opgehou babbel.

"Eet," het hy gesê.

'Oukei. Hoe.'

Ons het in stilte geëet.

Ek het meer geëet as wat dit gekos het om my mond besig te hou.

Anders sou ek al die jeukerige vrae net onder die oppervlak uitgegooi het.

Hoekom het hy vir my omgegee?

Wat wou hy van my hê?

"Dankie vir aandete," sê ek en neem 'n laaste sluk van my water voor ek opstaan.

"Geen probleem nie," antwoord hy, sit sy hand om my middel en trek my na hom toe.

Ek het gestruikel en my bene gesprei om my balans te behou.

Hy het een bobeen tussen my gespreide bene ingedruk en uitgesprei terwyl hy my afgedruk en my gedwing het om bo-op hom te sit.

Albei hande het by my romp afgegly en aan die stof getrek totdat dit om my heupe gevou het.

Sy duime het oor my binne-dye geloop totdat hulle aan die soom van my broekie geraak het.

Ek kon nie anders as om vorentoe te beweeg met 'n ooglopende uitnodiging nie.

Hy het gegiggel.

Die geluid het my amper vererg, maar sy tande het my tepel gekry.

fok.

Die hitte jaag deur my toe ek die delikate punt skeur.

Rof.

geneem.

Ja.

Ja ek het.

Wat ek nodig gehad het?

Hoe het hy geweet?

Sy vingers het die ronde deel van my bobeen vasgegryp en in die vel gebyt toe sy duim onder die elastiese soom van my broekie val.

Hy het dieper gegaan en in die poel van klam hitte geduik wat sy aanraking geskep het.

Hy druk homself in, bedek sy duim en trek dit na my klitoris toe.

fok.

Sy duim was glad en nat van my hartseer, en het presies aan my klitoris geraak.

Ek het op sy hand gebalanseer, my rug geboë, teen sy duim gedruk en hom verder gedruk.

"Sê my," sê hy, sy mond nog op my tepel, sy woorde bewe teen my vel.

"Wat?"

"Sê vir my jy wil dit hê ... jy wil hê ek moet dit aan jou doen."

Sy woorde het deur die mis van wellus gedring en my teruggebring na die regte wêreld.

Wat de hel het sy in die hitte op Jeremy Cartwright se skoot gedoen?

"Nie!" Ek sit my voete op die vloer en stoot myself op.

Ek het van sy skoot af opgestaan en voor hom gaan staan.

Sy hand gly van my broek af soos ek.

Ek sit my hande op sy skouers vir balans en klim uit sy skoot.

Met bewende hande het ek my romp glad gemaak.

Toe dit nie meer sigbaar was nie, het ek gesê:

'Ek wil dit nie hê nie. Ek wil jou nie he nie.'

Hy lag, 'n hol geluid.

Sy bring haar nat duim na haar mond, trek die punt oor haar onderlip en lek dan die area.

"Jy lieg," het hy gesê, "jy weet dit. En ek weet.'

'Snippermandjie. Dis nie dit nie. Dit is net 'n rukkie sedert ek dit gedoen het. Ek kon gereageer het op enigiemand wat my uitgecheck het."

"Hoe lank?" Ek vra.

Tien maande, het ek gedink, maar geantwoord:

"Dis nie jou saak nie".

"Gaan dan voort," sê hy en wys na die deur. 'Gaan weg, Nancy. Jy is nou veilig in jou leuens.'

"Wat bedoel jy nou?"

Ek het myself gevloek omdat ek hom geantwoord het.

Hoekom kon hy dit nie net los nie?

Hoekom moes hy altyd weet?

Hy het 'n tree na my toe gegee.

'As ek ons weddenskap wen. Voordat ek jou gat breek, sal ek jou vra om dit te erken. Erken jy is lief vir my.'

'Ja? Jy..." Ek het stilgebly voordat ek te dwaas gelyk het, maar kon nie help om 'n tree te gee en 'n vinger in sy bors te steek nie.

Hy trek my vinger van sy bors af en maak my hand in syne toe.

"Jy sal my vra, Nancy Harrison."

"Nie eers in jou drome nie," sis ek terwyl ek van sy kantoor af terugdeins.

Hy was twee treë in die gang af toe ek stilhou, omdraai en terugstap na sy oop deur.

Hy sit by sy lessenaar en kyk vreemd na die lamp op sy lessenaar.

"Dankie vir aandete."

Sy kyk op en gee my 'n glimlag. In alle eerlikheid, as ek selfs van 'n afstand af geneig was, sou ek moes erken dat my knieë in water verander het.

In plaas daarvan om eerlik te wees, het ek 'n kwaai gegrom uitgespreek en teruggegaan na die saal.

HOOFSTUK VI

"Hy het verneuk," fluister ek en staar na die e-pos wat ek pas ontvang het.

"Wie het verneuk?" het Tracy gevra.

Ek het op die rand van my lessenaar gesit, haar naels ondersoek en gewag dat sy klaarmaak sodat ons 'n drankie na werk kon drink.

"Jeremy Cartwright het doelwitte oorskry".

"Ek weet," het hy gesê, heeltemal onverskillig oor die mengsel van adrenalien, paniek, wellus en woede wat in gelyke dele deur my liggaam vloei.

Hy het nie vir Tracy van die weddenskap vertel nie.

Dit was te simpel en kinderagtig om oor te praat, en aangesien dit met Jeremy Cartwright en seks te doen het, het hy geen twyfel gehad dat Tracy aan sy kant sou wees nie.

"Wat bedoel jy jy weet?"

"Jy het sopas die volle bedrag teruggekry na jou rekening. Natuurlik is dit boaan die lys."

"Wat?" Die woord het uitgekom as 'n hoë kreet.

"Hy was deeltyds in die kantoor. Hy het van Chicago af hierheen gekom om vir sy oupa te sorg. Maar nou gaan hy voltyds na 'n ouetehuis, so hy is weer voltyds terug werk toe."

"Hoe het ek nie geweet nie?"

"Miskien omdat jy nooit jou kantoor verlaat nie? Miskien as jy met iemand anders as ek gepraat het..."

Steek jou hand op

'Sjoe, dan praat ek met jou. Hoekom het jy my nie vertel nie?'

"Jou broekie was so aan na daardie verdomde Kersfees," sug sy en hou haar vingers op vir aanhalings. "Sy het my verbied om haar naam te noem."

Goed, miskien was dit alles waar.

Miskien was dit nie so vaag as wat hy gedink het nie.

Maar hy was beslis so slinks as wat hy gedink het.

Hy het geweet hy sou voltyds terugkeer.

Die weddenskap is gemanipuleer!

Leun heeltyd in sy guns.

"Waarheen gaan ons vir 'n drankie?"

Sy frons.

"Harry, waar ons ook al gaan."

'Geen. Kom ons word Iers."

"Iers?" Tracy lig haar wenkbroue so hoog dat hulle amper uit haar gesig uitspring. 'Jy haat die Iere. Dis waarheen hulle almal gaan.'

"Ek weet."

Daar sou hy wees.

Die slinkse leuenaar en die baster.

HOOFSTUK VII

Hy was nie daar nie.

Nog 'n rede vir my woede om te styg.

Hy het die Iere gehaat.

Dit was 'n gunsteling van die tipiese eiendomsagent en, ongelukkig, meestal vanweë sy nabyheid, Williams Resource Recovery.

Ek was omtrent dertig minute lank woedend toe die man van die oomblik opdaag.

Hy het nie, so onbewustelik het ek Tracy gelukkig gelos met haar skemerkelkie (en 'n naïewe jong handelaarsbankier) en teruggegaan oor die straat om te kyk of sy nog in haar kantoor is.

Daar was.

Hy het blykbaar vir my gewag want toe ek sy deur oopmaak het hy skaars teruggeleun in sy stoel en geglimlag.

"Jy het verneuk."

"Nie heeltemal waar nie, juffrou Harrison. Alle inligting was tot jou beskikking. Jy het dit net nie verstaan nie of het nie belang gestel om dit te kry nie.'

Die waarheid van sy woorde het my gesteek.

"Kom ons doen dit dan," sê ek in 'n flits van adrenalien-pompende moed dat ek spyt is die oomblik toe my lippe op die woorde verseël het.

"Maak die deur toe," beveel hy en staan op.

My hart het hewig geklop.

My keel het toegetrek.

Ek het na sy deur gedraai en 'n lekkasie oorweeg.

Ek is nie heeltemal seker hoe my bewende vingers dit reggekry het om die sluitmeganisme te aktiveer nie.

Ek het na hom gedraai.

Die hitte en die verskriklike koue het in opponerende golwe oor my lyf gedryf.

Terselfdertyd het ek begin sweet soos klein naaldprikke deur my vel gegaan het.

Ek het onthou hy het op sy lessenaar gesê hy wil my hê, so ek het opgestaan, bene slap van vrees, totdat my bobene die hout raak.

Hy het van die lessenaar af wegbeweeg om agter my te verskyn.

Ek het my bene reggemaak en my knieë toegemaak.

Ek het geweier dat hy my laat skud.

Hy kruip naby hom.

Ek het die warmte van haar lyf gevoel.

Ek het my kop gedraai en oor my skouer gekyk, maar het nie oogkontak gemaak nie.

"Met of sonder 'n romp?" vra ek met kamtige onverskilligheid.

Hy het gegiggel, 'n dreunende geluid wat teen my keel vibreer.

"Is jy so bekommerd?" prewel sy.

"Doen dit nou net," het hy deur geknersde tande uitgeblaker.

"Nie gesê nie.

'Wat bedoel jy met nee? Dit was jou dom idee!'

Ek het omgedraai om myself vasgevang in sy arms te vind.

Hy het gebuk om sy handpalms op die lessenaar te laat rus.

Hy het met die ronding van my nek gepraat.

"Nee, ek wil dit nie hê nie," streel haar lippe saggies oor die gespanne senings tussen die individuele woorde. 'Ek wil jou hê. Nat. Wil. Smeek daarvoor.'

"Ek gaan nie smeek nie," het ek gesê en my nek geboë om haar sondige mond meer beweegruimte te gee.

"Jy sal." Hy het 'n hand op my ken gesit om my gesig op te lig en na hom te kyk. "Jy was laas mal daaroor. Jy wou meer hê, nie waar nie?'

Ek het die greep wat hy op my ken gehad het beveg en my kop geskud.

Hy het sy mond na my laat sak, sy lippe het oor myne beweeg en hy het gesê:

"Leuenaar".

Ek het vir hom oopgemaak sonder om te dink.

Ek laat sy tong myne bereik en sug van plesier terwyl die nat punt my so goed speel.

Goed.

Ontsagwekkende.

Dis hoe dit laas was.

Dit was nie die tequila nie.

Dit was sy mond.

Dit sou my dronk gemaak het om my bene te sprei.

Ek het in hom geleun en was mal oor die gevoel van sy harde bors wat teen my borste druk.

Sy mond het myne verlaat en ek kon die teleurgestelde versugting van verlies nie keer nie.

Hy het neergekniel.

Ek het gekyk hoe sy hande stadig op my kuite beweeg.

Sy hande het op my knieë gestop om my bene verder te versprei.

Ek het dit sonder protes gedoen.

Die vingers bereik onder my romp.

Skuif dit, skuif dit oor die sagte, sensitiewe vel van my binnedye.

Die romp het my bene gegryp en toe ek dit verder probeer sprei, wou ek dit skielik uittrek.

Ek wou alles uit.

Ek het met my vingers na die ritssluiting aan die kant van my romp gehardloop, maar dit het nie gebuk nie.

Ek het gevoel vir die romp.

Uit frustrasie het ek 'n vloek uitgespreek wat hom laat lag het.

Die werklikheid het ingegryp met die geraas en ek het besef hoe vinnig dit was om oor te gee.

Die idee het my mal gemaak: Ag, hoe moet hy hiervan hou!

Ek los die pet vererg en kyk af, gereed om iets sarkasties te sê, toe ek sy oë sien.

Daar was geen gelag daar nie, geen triomf nie, net blote behoefte.

Dit was vir my moeilik.

Die lug het fluisterend uit my longe gekom.

Realiteit het opgelos met die behoefte om gefok te word.

Op daardie oomblik het die lug verander.

Dit het elektries gegaan en geskitter met die tontel van ons behoefte.

Ek het die kant van my romp oopgeskeur.

'n Hartverskeurende geluid wat deur die lug gejaag het, maar ek het nie omgegee nie.

Ek wou alles uit.

Almal uit.

Dadelik.

Hy het my gehelp om my romp af te trek.

Dit het by my voete saamgetrek en my net in my hakke en kniehoogte sykouse laat staan.

Ek het probeer om my skoene uit te trek, maar hy het sy kop geskud en uitgeblaker

"Nie".

Sy het 'n eenvoudige broekie aangehad.

Niks fancy nie, geen kant nie, net pienk katoen, maar hulle het hom steeds laat kreun.

Ek was baie tevrede met die klank.

Sy vingers het op my bloes geval en met die grootste minagting aan die pêrelknoppies getrek.

Ek het 'n lui van die rak gehoor toe sy my hemp oopmaak.

Toe staan sy op, trek die bloes oor my skouers en laat haar hand by my arms af om dit heeltemal te verwyder.

Hy het weggegaan en na my gekyk.

Ek beveg die drang om myself te bedek, en het my vingers in die rand van die lessenaar ingegrawe.

Die tyd het gestop terwyl hy kyk totdat hy vol was.

Die hyg van my asem het die stilte van die kantoor verbreek.

Wag.

Weer.

My tepels het pynlik geswel, my nat poes het gewag.

Sy was nie gewoond daaraan om te wag nie.

Ek het nie so maklik beheer opgegee nie.

Dit was so styf soos 'n vibrerende tou terwyl dit gewag het dat dit beweeg.

Sy bewegings het gelyk of hy doelbewus stadig was toe hy terugkom om naby te staan.

Asof hy bedaar het na die drang om my klere uit te trek.

Hy het nie gepraat nie, maar eerder dowwe geluide van plesier geprewel terwyl hy met sy hande oor my vel getrek het.

Hy het my verken soos 'n kaart van my topografie, sy vingers het elke duik en draai met intense konsentrasie dopgehou.

Ek het gekreun en my heupe beweeg, ongeduldig vir my vingers om suid te gaan.

Hy het die voortgesette beweging van my heupe geïgnoreer en sy moeisame stadige verkenning voortgesit.

Terwyl sy vingers oor die ronding van my maag gly en aan die elastiese soom van my broekie raak, het ek geknor:

"Ja".

Ek het gedink hy sal verder sink en uiteindelik aan my poes raak, maar in plaas daarvan het hy sy hande op my heupe gesit en my omgedraai om na die lessenaar te kyk.

Sy vingers het my gat gespot, dan afgegly om aan my enkels te raak en my bene verder te versprei.

Ek moes buk om my balans te behou en het my elmboë op sy lessenaar laat rus.

Die masserende hande het oor my kuite gehardloop, die talentvolle vingers het in die spier ingegrawe totdat die tyd amper vloeibaar geword het.

Toe hy op my knieë kom, het hy sy mond in die spel gesit en nat soene op die delikate ronding laat val.

Ek kon nie keer dat my heupe swaai nie, my liggaam beweeg sonder om te dink en te swaai van plesier.

Ek het gesug terwyl sy duime in my spiere ingegrawe het en die stampe en pyn streel.

Waar haar vingers ook al gegaan het, het ek haar mond gevolg, gesoen, gebyt, gelek en uiteindelik die stoppels van haar ken gestreel.

Toe sy hande na my gat reik, het ek gewag en was gereed om my broekie uit te trek.

Hy het nie.

In plaas daarvan het hy sy duime onder die vierkantige rand van die tieners se broekie ingeskuif en dit opgetel.

Hy het getrek totdat die lap tussen my gat vasgesteek het en teen my nat spleet en my kloppende klit geskud het.

Ek het met 'n hyg op my tone gestaan terwyl hy verwoestend aan my broekie ruk.

Ek kan binne 'n oomblik kom.

Ek besef toe die nat lap my klit streel.

Ek het teruggedeins en hom aangespoor om voort te gaan met my versugtinge en gekerm.

"Ja. Ja," kreun ek aan die begin van 'n naderende orgasme.

En hy het opgehou deur my gat te klap.

"Nog nie," sê hy, en ek het letterlik vasgebyt in die begeerte om te skree en my onderlip pynlik gekners.

Hy het my broekie in een beweging uitgetrek.

Albei hande het die rande gegryp en dit vinnig laat sak.

Hy het aan my been geraak toe die broekie, ten volle gestrek, my knieë bereik.

Omdat ek nie vinnig genoeg beweeg het nie, skeur sy die broekie op die versterking oop.

Die twee oorskot het op my skoene geval.

Ek het nie tyd gehad om te protesteer nie.

Die oomblik toe my gat ontbloot is, het hy my bene verder gedruk en sy gesig in my gat begrawe.

Sy hande het na my boude gegaan en dit met uitgestrekte vingers gesprei.

Ek het geskok geskree toe sy tong my gat raak.

Klein draaie.

Ek het met sy tong in dieselfde ritme as hy geklink:

"Eh, eh, eh, eh..."

Die gevoel was wonderlik.

Ek het nog nooit so iets gevoel nie.

Ek het teen sy mond gebalanseer.

My hande reik na die tafel.

Die papiere gly onder my wapperende arms in en val tussen my vingers.

'n Hand het my gat verlaat om tussen my bene deur te beweeg.

Sy duim, ek dink dit was sy duim, het in my nat poes gedoop en toe tot by my klit.

Hy het die geswelde bult gesirkel terwyl hy sy tong teen my anus druk.

Ek het gevoel hoe my stywe anus ontspan met die volgehoue stoot van sy tong.

Taal.

Die duim op my klit.

ek het beswyk

My mond druk teen die hout.

Ek het gehuil met dieregeluide, sonder woorde, piep en grom.

"Uh, uh, uh, eeeee," voel ek hoe my anus op sy tong vibreer.

Sy duim het my klit 'n laaste hou gegee en toe val sy vingers in my poes.

Ek het die orgasme in sy hand gedryf en dit in sy vingers ingetrek.

Uitgeput het ek vorentoe gegly en nog papiere op die vloer gegooi toe ek met my bolyf op sy lessenaar inmekaarsak.

Terwyl hy daar lê, uitgesprei op sy lessenaar, kom hy agter my aan.

Ek het die druk van sy ereksie tussen my boude gevoel.

Die gevoel van sy harde piel daar het my herinner aan die weddenskap wat nog betaal moet word en ek het gespanne.

HOOFSTUK VIII

Hy het 'n hand oor my nou stywe rug langs my ruggraat gehardloop.

"Ontspan," sê hy en beweeg stadig teen die bult van my ruggraat op.

Ek kon nie ontspan nie.

Al waaraan ek kon dink, was die grootte van sy piel en die grootte van my anus, wat my laat ineenkrimp.

Hy het oor my geleun, sy mond aan die onderkant van my nek, en prewel:

'Oukei. Ek sal jou nie seermaak nie. Ek sal jou nooit seermaak nie.'

Ek het styf gebly en nie gepraat nie, want sy hand het my rug bly streel.

Ek het nog my bra aan gehad.

Hy het by die bande gestop om die gespe te beweeg.

Toe die bande los was, het hy sy hande op my skouers gesit en my opgelig en saggies op my voete gedruk.

Hy het my styf gegryp en my teen hom gedruk.

Die bra het afgekom toe ek regop sit en hy het sy hande beweeg om aan my borste te raak.

Sy duime het die verharde punte van my tepels nagespoor.

Hy was nog ten volle geklee.

Sy gordelgesp voel koud teen my laerug.

Hy het sy heupe na my toe gedraai en sy piel in stadige sirkels teen my gat gedruk.

Die spanning in my lyf het stadig verlig soos sy mond teen my nek borsel.

"So lekker," prewel hy.

Hy reik na my poes, krul sy vingers tussen nat lippe en steek die punte van twee van sy vingers kortliks daarin.

Ek het op my tone gestaan om hom meer toegang te gee en vorentoe geleun in die vertroue dat hy my sou vashou.

"Ja," sê hy en druk die tepel op my linkerbors, 'n ongelooflike gevoel wat deur my lyf vloei.

"Buig," sê hy terwyl sy vingers my poes verlaat en op my lae rug gaan sit.

Hy het my saggies vorentoe gedruk totdat my heupe die rand van die tafel raak.

Ek het ontspan en laat hom my plaas waar ek hom nodig gehad het.

Ek voel hoe hy weer op sy knieë val.

Sy hande het oor my binnedye gedwaal totdat sy duime op die spleet van my poes gerus het.

Hy het een duim ingedruk en toe die ander.

Ek het gewag dat hy meer druk, maar hy het nie en eerder sy nat duime tussen my gat en die ingang ingedruk.

Hy het die fyn gat met nat duime omgetrek.

Ek het teruggedruk en die druk het toegeneem totdat my duim in die spierring ingegly het.

Ek het gesnak, maar nie geprotesteer nie.

Hy het gespeel en een duim ingedruk, dan die ander.

Ek wou meer, baie meer hê.

Die wisselvallige druk was nie genoeg nie.

Ek wou vol wees.

Ek het begin sê, "Jeremy vir ..." en toe die woorde vasgehou.

"Watter baba, wat wil jy hê?"

Ek het nie geantwoord nie.

Ek het my arm gebring waar my voorkop teen my mond rus en in die vlees gebyt.

Hy het die tergende stote op my anus voortgesit.

Ek het teruggedruk en my liggaam het vir meer gevra.

"Sê dit," het hy gesê, en ek het geweet hy sal my nie meer gee as hy nie die woorde sê nie.

Ek het weerstand gebied en vorentoe geskud.

My skaambeen het aan die rand van die lessenaar geraak en ek het besef dat as ek 'n bietjie kruip, ek daar kan kom.

Ek het my heupe beweeg, maar hy het my heupe gegryp asof hy my plan bespeur en my laat stilsit.

Op daardie oomblik laat sak hy sy kop tussen my bobene en leun oor om my spleet lank te suig.

Ek het geknor en toe sy tong aanhou terugkeer na my gat het ek gesnak.

Sy mond het van my gat af gekom en ek het my heupe agteroor geskud om hom aan die gang te hou.

Hy het my weer gegryp en gesê:

"Vertel my".

Ek laat my liggaam skree terwyl my gedagtes steeds weier.

Hy staan op en ek lig my kop van die lessenaar af en kyk oor my skouer.

Op 'n stadium het hy sy piel in 'n kondoom gesit, sy broek was oop oor die heupe en sy latex bedekte piel het dik en hard geskud.

Ek het grootoog gekyk hoe hy met sy glibberige hande oor sy ereksie hardloop.

Met die woorde in my keel het hy vorentoe gestap en die wye, gladde kop van sy piel teen my anus gedruk.

Hy het sy heupe geskud en die punt baie liggies in my gat ingedruk.

Ek het gewag vir die baan, die sprong, maar dit het ophou beweeg.

Ek het na hom gekyk en vasberade blou oë ontmoet.

"Sê my asseblief," het ek gesnak, "het jy my lief?"

"Fok ja," grom hy, "ek wil jou koppige gat naai."

Dit was genoeg.

Genoeg om te erken.

'Neem dit. Neem dit, asseblief Jeremy, neem my saam.'

Stadig, baie stadig, wieg hy vorentoe en druk die kop van sy haan in my gat in.

Ek het gesnak soos ek gedoen het.

Op die jeuk.

Hy wou dit nie weer vir haar sê nie, want hy glip met 'n gladde knal deur die stywe spierring, wat die pyn kalmeer.

Hy het 'n hand op my laerug gesit terwyl dit in my wieg.

Ek het die gevoel van volheid geniet, verbaas oor hoe goed dit gevoel het.

Ek het gewoond geraak aan die stadige wieg toe hy my heupe gryp en begin druk.

Dit het sy volle lengte in en uit my gedruk.

Sy gordelgesp klik elke keer as hy onder raak.

Elke druk het die wortel van my klitoris teen die lessenaar gebring.

Ek het gevoel hoe 'n orgasme groei.

Ek het afwagtend gedruk en haar hoor kreun.

Hy het dit weer gedoen.

Met elke stoot het ek my gat styf om sy piel gedruk om hom te hoor kreun.

Hy het my hard geslaan, ek was so gefokus om my kneusplekke met sy pakslae te beheer dat die orgasme amper sonder waarskuwing oor my gekom het.

Ek het gesnak, teruggeleun en die vreemde en verrassende gevoel van my gat styf om sy piel gevoel tydens 'n orgasme.

Hy het geknor, gedruk en toe gestop terwyl my spiere langs sy lengte bewe.

Toe my orgasme bedaar, het dit weer begin.

Hy het sonder ritme gedruk.

Vrek kort en dan lank.

Diep en dan vlak.

Tot hy met 'n guitjie geskree het:

"Ek corrooooo".

Hy het bo-op my geval en my teen die lessenaar vasgepen.

Hy spat soentjies agter op my nek en skouerblad af en stop elke nou en dan om die sweet van my vel af te lek.

Ek het stil gebly en die gewig van hom bo-op my geniet.

Ek het kaal op die lessenaar gestaan met my bene uitmekaar toe hy opstaan, die kondoom oopmaak en sy klere regtrek.

Dit was eers toe ek by sy lessenaar gesit het dat ek uiteindelik opgestaan het.

Ek het 'n stuk papier op my linkerbors geplak.

Hy het van die verhewe na die belaglike gegaan.

Ek het dit afgehaal, dit vir hom gegee en gesê:

"Ek hoop dit is nie belangrik nie."

Hy het met 'n glimlag by my oorgeneem.

Ek het eers my broekie gesoek en toe ek besef dis twee stukke het ek maar my platgedrukte romp aangetrek.

Die ritssluiter het net halfpad opgegaan, stukkend aan die bokant.

My bloes was ook nie wonderlik nie, dit het twee knope gemis en dit het voor my borste oopgemaak.

Toe ek sien hoe my rampspoedige uitrusting opkom, het Jeremy van sy lessenaar opgestaan en sy pakbaadjie gaan haal.

Hy het dit vir my gegee en ek het dit aangetrek.

Dit was in die middel van die bobeen en het die meeste van die skade gedek.

Toe ek my moue, wat te lank was, opgerol het, het Jeremy weer op die lessenaar oorkant my gaan sit.

"Wel," sê hy, skielik lyk hy nie so seker nie.

"Wel," het ek weer gesê.

"Ek wil nie tien maande daarvoor wag nie."

My mond het bietjie uitgeval.

Ek het dit toegemaak en 'n manier probeer vind om te antwoord.

"Liefling Nancy, jy is die koppigste en lompste vrou wat ek nog ontmoet het."

Kwaad, ek het dit maklik gevind om woorde te vind om dit te beantwoord!

Ek het my mond oopgemaak om 'n paar tuisgemaakte waarhede op hom te spoeg toe hy my hand uitsteek en stilweg 'n vinger op my lippe plaas.

"Jy is lief vir my. Ek is lief vir jou. Damn, ek erken dit! Meer as om jou lief te hê. Ek hou van jou. Enige koppigheid van jou. Kom ons probeer."

Toe hy die woorde sê, het ek geweet dit is wat ek wou hê.

Wat ek regtig wou hê.

'Regtig en waarlik? Bedoel jy besigheid,' fluister ek.

"Jy kan op jou oulike gat wed," sê hy en trek my vorentoe om my mond in 'n passievolle samesmeltingsoen te vat.

"Ja," prewel ek teen sy lippe.

"Jy het hom uiteindelik herken," sê hy en soen my weer hard.

EINDE